Von Zara Cinetti

....

Zwischen Ina und Dirk

—

Ein Briefwechsel

Es ist nur ein kurzer Moment und er verändert alles. Dirk vertraut den falschen Menschen, ist gefangen in einem Albtraum und kann keine klaren Gedanken mehr fassen. Obwohl der ermittelnde Kommissar auf seiner Seite steht, legt Dirk am Ende ein falsches Geständnis ab.

Beim Prozess sieht er seine Freundin Ina nach langer Zeit wieder. Er trifft auch auf die Familie des Opfers. Niemand traut ihm einen Mord zu. Doch er wird verurteilt und kommt ins Gefängnis. Dort beginnt er einen intensiven Briefwechsel mit Ina.

Mit der Zeit erkennt er, dass er mit dem falschen Geständnis seine Freundin zutiefst verletzt und sich selber Schaden zugefügt hat. Beide nutzen den Briefwechsel zur Aufarbeitung des Tatherganges.

Kann der wahre Täter doch noch gefasst werden?

Die Autorin: Zara Cinetti

Fußball ist die große Leidenschaft der Autorin Zara Cinetti. Die Journalistin arbeitete viele Jahre als freie Sportreporterin. Dabei beleuchtete sie auch das Leben am Rande des Spielfeldes und tauchte tief in die Fanszene ein.

Kein Wunder, dass ihr Roman eng mit dem Thema Fußball und Fans verknüpft ist und sie den Mord während des Lokalderbys geschehen lässt.

Liebe Ina,
die lange Zeit der Untersuchungshaft ist nun endlich vorbei. Du hast mich gestern bei der Verhandlung nicht angesehen. Ich habe immer wieder Blickkontakt zu Dir gesucht, aber Du hast nur verlegen weggesehen. Ich kann Dich sogar verstehen. Ich habe unser Leben zerstört. Seit gestern bin ich ein verurteilter Straftäter und Du musst lernen, damit zu leben. Ich habe Dir in den letzten Wochen etliche Briefe geschickt. Sie blieben alle unbeantwortet. Trotzdem werde ich nicht aufgeben und Dir auch in Zukunft regelmäßig Briefe schreiben. Ich hoffe inständig, dass Du mir antwortest. Es bricht mir das Herz, dass Du mich so verachtest. Ich liebe Dich immer noch aufrichtig und ehrlich und ich würde die Geschehnisse gerne rückgängig machen. Morgen werde ich in eine andere Haftanstalt verlegt. Ich werde eine Einzelzelle bekommen. 15 Monate sind eine lange Zeit, aber mit etwas Glück kann ich die Gesamthaftzeit verkürzen. Jeden Tag

denke ich an Dich. Ich kann nicht verlangen, dass Du auf mich wartest und ich erwarte auch nicht, dass Du einen Mörder liebst. Trotzdem hoffe ich, dass Du mir verzeihen kannst. Dass Du mit mir redest, mir Briefe schreibst und vielleicht die Dinge auch einmal aus meiner Sicht betrachtest. Der Fußball wird in meinem Leben keine Rolle mehr spielen.
Bitte schreibe mir!
In Liebe
Dirk

Lieber Dirk,
ich habe lange überlegt, ob ich Dir antworten soll. Vorab möchte ich Dir sagen, dass ich alle Deine Briefe gelesen habe. Ich kann Dich verstehen, aber trotzdem habe ich hunderte Fragen. Ich suchen Antworten und finde doch keine. Wir hatten eine rosige Zukunft vor uns. Jetzt stehe ich vor den Trümmern meines eigenen Lebens. Dr. Müller hat mir zum 1. gekündigt. Er hat es damit begründet, dass die Krankenkassen immer weniger Leistungen bezahlen

und er sich auf Dauer keine drei
Arzthelferinnen leisten kann. Das sind
aber alles nur vorgeschobene
Argumente. Er will halt nicht, dass die
Freundin eines Mörders seine
Patienten betreut. Der ganze Ort redet
über Dich und mich. Man zeigt mit
Fingern auf mich. Eine neue
Arbeitsstelle werde ich hier sicherlich
nicht finden. Auch unser Vermieter
will keine Mörder im Haus. Er hat
mir geraten, schnellstens auszuziehen.
Meine Eltern reden kein Wort mehr
mit mir. Mein Bruder beschimpft
mich auf der Straße als
„Mörderhure". Ich bin total
verzweifelt. Ich kann mit dem
geringen Arbeitslosengeld unsere
Wohnung nicht mehr finanzieren. Ich
weiß nicht, wie es weitergehen soll.
Viele Grüße
Ina

Liebe Ina,
heute ist Dein Brief angekommen. Das
macht mich stark und gibt mir Kraft,
die nächsten Wochen zu überstehen.
Deine Erzählungen machen mich

traurig. Ich würde Dir sehr gerne helfen. Ich bin immer für Dich da. Ich kann mir sehr gut vorstellen, was in unserem Ort los ist. Du musst kämpfen! Du musst stark sein und gegen die Verleumdungen und Beschimpfungen anreden. Beweise Stärke! Ich weiß, dass ich mit daran beteiligt bin. Ich hätte erst gar nicht zu diesem blöden Fußballspiel fahren sollen. Die Richterin hat selber gesagt, dass ich kein Mörder im klassischen Sinn bin. Es war vielmehr eine Art Notwehr, die natürlich in diesem Fall nicht berücksichtigt werden kann. Sie haben die geringste Strafe verhängt. Ich weiß, dass mich das nicht freispricht, aber es sollte doch zumindest bei der öffentlichen Betrachtung eine Rolle spielen. Nicht jeder in unserem Ort ist so schuldzuweisend. Gestern hat mein Chef Jörg mich besucht. Er hat gesagt, dass ihm das Ganze sehr Leid tut. Seine Frau Rita hat selbstgebackenen Kuchen mitgeschickt. Die Stelle in der Schlosserei bleibt natürlich frei. Ich

kann nachdem Knast wieder anfangen. Als er ging nannte er mich einen guten Jungen. Das ist mir sehr nah gegangen. Ich werde das hier durchziehen. Es wird alles gut werden. Dein heutiger Brief macht mich derartig stark und ich bin siegessicher. Dein Brief ist ein erster Schritt. Es werden weitere Briefe von Dir kommen, da bin ich mir sicher. Ich würde Dich so gerne in den Arm nehmen und Dich küssen.
Ich liebe Dich Ina. Bitte warte auf mich, bitte.
In Liebe
Dirk

Lieber Dirk,
heute war ein ganz schwarzer Tag für mich. Man hat mich übel beschimpft und es kam sogar zu Handgreiflichkeiten. Es war einfach nur schrecklich. Seit vier Tagen bin ich nun arbeitslos. Ich schlafe viel zu lange und komme mir nutzlos vor. Selbst meine langjährigen Kolleginnen haben mir am letzten Tag nicht auf Wiedersehen gesagt. Sie schauten weg,

als ich zum letzten Mal durch die Personaltüre der Praxis ging. Auch Dr. Müller hat sich nur ganz kurz verabschiedet. Ich war in der Praxis erste Kraft. Ich habe jede Arbeit übernommen. Ich habe am Wochenende Notdienste geschoben und oftmals ohne Bezahlung Überstunden gemacht. Es ist alles vergessen. Mir tut das so weh! Ich werde ausgegrenzt, weil Du einen Fehler gemacht hast. Das ist krank! Ich war in der Praxis neun Jahre beschäftigt. Ich habe dort meine Ausbildung gemacht und jetzt werde ich eiskalt abserviert! Schlimm, einfach nur schlimm. Auch der Vorfall beim Bäcker heute Morgen, hat mich sehr betroffen gemacht. Ich wollte doch bloß Brötchen kaufen. Der Laden war gut gefüllt. Einige Arbeiter tranken Kaffee, Durchreisende saßen zum Frühstück an den Tischen vor der Türe. Ich reihte mich in der Schlange ein. Vor mir waren die Meier von unten und die Eisenmann vom Turnverein. Die ganze Zeit gab es laute Bemerkungen. Obwohl ich mich ärgerte, habe ich nicht reagiert. Dann kam die Weiss aus dem Gutsweg hinein. Sie beschimpfte mich gleich. Sie warf mir vor, dass ich mich vorgedrängelt hätte. Ich verneinte und sie wurde immer lauter. Schließlich packte sich mich an der Jacke und schob mich nach hinten. Ich wehrte mich. Dann ließ sie sich absichtlich fallen. Ich habe Sie so fest gar nicht berührt. Es war reine Schauspielerei. Sie schrie, dass ich sie angegriffen, sie beleidigt und beschimpft hätte. Die Müller und die Eisenmann hielten mich fest. Bäcker Gröde rief die Polizei. Natürlich bestätigten die alten Weiber den Vorfall. Ich war die Schuldige. Gröde hat mir Hausverbot erteilt. Ich musste sogar mit auf die Wache kommen. Dort gingen die Hänseleien weiter. Als Freundin eines Mörders hat man auch bei der Polizei kein Recht auf eine gerechte Behandlung. Stundenlang hat man mich festgehalten. Ich weiß, dass sie das nicht durften. Aber was sollte ich denn tun?? Die wissen doch, dass ich für einen Anwalt kein Geld habe.

Auch unser Vermieter war gestern wieder bei mir. Er hat mir nahgelegt auszuziehen. Sollte ich es nicht tun, werde er mit den anderen Mietern nach Lösungen suchen. Mit anderen Worten: Das Mietverhältnis wird gekündigt. Was soll ich nur tun? Mir wird doch hier niemand eine Wohnung geben. Ich wollte meine Eltern fragen. Mein Vater hat mich erst gar nicht auf den Hof gelassen. Ich solle mich zum Teufel scheren. Ich habe doch sonst niemanden. Ich bin total hilflos. Ich wünsche mir, dass Du nach Hause kommst.
Ich liebe Dich
Ina

Liebe Ina,
Dein Brief hat mich sehr erschüttert. Das in unserem Ort vieles falsch läuft, und dass es ganz schreckliche Menschen dort gibt, das war mir bekannt. Allerdings hätte ich nie erwartet, dass sie es so übertreiben würden. Du leidest bestimmt schrecklich. Ich leide mit Dir. Ich weiß, dass es für mein Verhalten keine

Entschuldigung gibt. Ich kann nichts rückgängig machen. Auch, wenn diese Worte jetzt blöd klingen, aber ich bin ein ehrlicher Mensch. Ein Mensch, der andere Menschen achtet. Was an diesem Nachmittag am S-Bahn-Bahnhof geschah war Notwehr. Du hast mich immer davor gewarnt mit diesen Fanzügen mitzufahren. Ich hätte auf Dich hören sollen. Ich habe mich doch nur gewehrt. Bitte Ina, glaube mir. Ich bin kein kaltblütiger Mörder. Natürlich habe ich ein Menschenleben auf dem Gewissen. Ich habe eingesehen, dass ich einen Fehler gemacht habe. Ich büße dafür. Ich werde die 15 Monate Knast hier absitzen. Geh doch mal zu Rita und Jörg in die Schlosserei. Vielleicht können die Dir bei Suche nach einer neuen Bleibe helfen. Warum ziehst Du nicht in die Stadt? Dort bist Du anonym und niemand weiß, dass Du die Freundin eines Schlägers und Mörders bist.
Der Freigang im Hof tut mir gut. Heute war ein sonniger Tag und ich habe einfach nur die

Spätsommersonne genossen. Ich helfe
in der Küche mit. Das Essen schmeckt
gut, aber es kann mit Deinen
Kochkünsten natürlich nicht
mithalten. Ich vermisse Dich so sehr.
Bitte komm mich doch besuchen.
Ich warte auf Dich!
Dirk

Lieber Dirk,
Deine Briefe geben mir viel Kraft. Ich
habe in der letzten Woche über 20
Bewerbungen geschrieben. Fünf
Absagen habe ich bekommen und ich
fürchte, dass sich die Zahl noch
erhöhen wird. Noch zwei Tage, dann
sind es nur noch 14 Monate. Ich kann
Deine Rückkehr kaum noch erwarten.
Ich will, dass Du mich in den Arm
nimmst. Leider habe ich nicht genug
Traute, um in die Stadt zu ziehen. Ich
war immer nur hier im Ort. Wegen
des Hofes gab es auch nie Urlaub. Ich
bin doch noch nie hier raus
gekommen. Mit der Realschule war
ich auf Klassenfahrt in Holland. Das
war meine einzige Reise. Ich komme
in der Stadt nicht zurecht. Ich werde

auf Dich warten und dann werden wir gemeinsam in eine große Stadt ziehen. Alleine schaffe ich es nicht. Rita und Jörg haben mich vor ein paar Tagen besucht. Das waren nach Wochen die einzigen Menschen, die mit mir geredet haben. Alle weichen mir aus. Ein Nachbar hat sogar unsere Papiertonne durchwühlt. Das Auto hat zwei große Kratzer. Bei Metzger Rohn bekomme ich keine Ware mehr. Begründung: Ich habe bei Gröde Kunden angegriffen und beschimpft. Das will er nicht in seinem Laden. Ich trau mich kaum noch aus dem Haus. Es wird schon irgendwie weitergehen. Eigentlich will ich Dich auch gar nicht damit belasten. Rita hat mir ihre Hilfe angeboten. Das kleine Bauernhaus ihrer Mutter steht immer noch leer. Sie wollte es immer vermieten, aber sie scheute letztendlich den ganzen Aufwand. Sie hat mir angeboten dort zu wohnen. Es ist ein altes Haus. Für ein Bauernhaus ist die Fläche von 65 Quadratmetern relativ klein, aber für mich reicht es aus. Die Scheunen, die zum Haus gehören und die

angrenzenden Felder sind alle vermietet. Ich muss somit auch keine zusätzlichen Arbeiten übernehmen. Jörg ist gerade dabei es zu renovieren. Es ist nichts Großartiges. Trotzdem bin ich den Beiden unendlich dankbar. Gestern war ich in der Stadt. Ich habe zufällig eine alte Schulfreundin wieder getroffen. Immerhin hat sie ein paar Sätze mit mir geredet. Das ganze Dorf geht mir aus dem Weg oder beschimpft mich. Zum Glück liegt mein neues zu Hause etwas außerhalb unseres Dorfes. Ich hoffe, dass man mich dort in Ruhe lässt.
Ich schreibe Dir sofort, wenn ich umgezogen bin.
Ich liebe Dich
Ina

Liebe Ina,
ich denke den ganzen Tag an Dich. Ich male mir aus, wie liebevoll Du das Haus einrichtest. Es ist eine schwere Zeit für uns alle. Aber ich weiß, dass wir es schaffen werden. Es wird ein gutes Ende nehmen. Natürlich weiß

ich, dass in unserem Dorf nichts vergessen wird, aber wenn Du etwas außerhalb wohnst, bist Du nicht mehr so präsent. Vielleicht schützt Dich das vor Angriffen. Ich zähle die Tage! Es ist noch eine lange Zeit, aber ich werde den Mut nicht verlieren. Ich denke oft an diesen Schicksalstag. Es gibt noch einiges aufzuklären. Ich will Dir das aber nicht schreiben. Es gibt Sachen, die erledigt man lieber persönlich. Versteh das aber bitte jetzt nicht falsch. Ich akzeptiere natürlich, wenn Du mich nicht besuchen willst. Aber es gibt noch etwas Wichtiges, was ich Dir gerne persönlich sagen möchte. Gestern habe ich Dein Paket bekommen. Danke für die Leckereien. Ich werde sie mir einteilen.
Wann kommst Du persönlich vorbei? Ich brauche Dich doch so sehr!
Dirk

Hallo Dirk,
die ersten zehn Tage im Haus liegen hinter mir. Hier bin vor Angriffen geschützt. Der Nachteil ist diese grausame Einsamkeit. Sabine hat mir

gestern eine SMS geschickt und unsere Freundschaft aufgelöst. Ihr Nagelstudio soll ich in Zukunft bitte nicht mehr betreten. Der Radfahr-Club hat mir einen kurzen Brief geschickt. Meine Mitgliedschaft wird einstimmig, von allen Mitgliedern, nicht mehr gewünscht. Im Verein ist kein Platz für die Freundin eines Mörders. Der Brief kam von Ralf. Unglaublich, oder? Der war doch dabei! Ihr seid doch immer gemeinsam zu den Spielen gefahren. Ich habe immer gedacht, er sei Dein Freund. Er hat die Aussage verweigert. Ich habe ihn im Gerichtsaal angesehen. Er hat nur nach unten geschaut. Vielleicht hätte er Dich entlasten können. Wahrscheinlich werden wir die Wahrheit nie erfahren. Egal, was auch immer an diesem S-Bahn-Bahnhof geschehen ist, ich weiß, dass Du niemals Menschen verletzen würdest. Du musst in Notwehr gehandelt haben. Manche Dinge bleiben unergründlich. Ich werde die paar Monate aushalten. Ich werde es

schaffen! Du fehlst mir. Es ist nicht alleine die Einsamkeit. Viel mehr macht mir die Ablehnung zu schaffen. Jeder meidet den Kontakt zu mir. Sobald Du auf freien Fuß bist, werden wir den Ort verlassen.
In Liebe Ina

Liebe Ina,
ich habe mit dem Malen begonnen. Das lenkt mich etwas ab. Rita und Jörg haben mich besucht und mir Ölfarben und Leinwände mitgebracht. Zunächst wusste ich gar nicht genau, was ich damit eigentlich machen sollte. Ein Mithäftling hat es mir gezeigt. Er hat ein gutes Herz. Ich wollte eigentlich keinen Kontakt zu anderen Gefangenen, denn ich fühle mich gar nicht schuldig. Eigentlich habe ich gar nichts getan. Jo war aber sehr hilfsbereit und freundlich. Er heißt eigentlich Joachim, aber alle nennen ihn Jo. Auch ihm sieht man nicht an, dass er ein Mörder ist. Er hat den Mörder seiner kleinen Tochter mit mehreren Schüssen niedergestreckt, regelrecht

hingerichtet. Seine Frau starb bei der Geburt seiner Tochter. Er hat die Kleine wohl behütet und alleine großgezogen. Er ist Architekt. Mit seiner Tochter hat er in einem großen Haus mit angrenzendem Architekturbüro gewohnt. Die schöne heile Welt von der jeder träumt. Die Tochter war mit dem Fahrrad zum Klavierunterricht unterwegs. Ein besoffener Autofahrer fuhr sie auf der Landstraße an und ließ sie schwerverletzt liegen. Er beging Fahrerflucht. Gutachter bestätigten später, dass das Mädchen überlebt hätte, wenn er sofort einen Notarzt gerufen hätte. Sie verblutete qualvoll. Eine Autofahrerin sah das verletzte Mädchen zufällig im Graben liegen, weil ihr Handy klingelte und sie anhalten musste. Sie alarmierte sämtliche Rettungskräfte. Aber da war es bereits zu spät. Das Mädchen starb in den Armen der Autofahrerin. An der Unfallstelle wurden zahlreiche Autoteile gefunden, so dass der Halter kurze Zeit später verhaftet wurde. Er lag mit über drei Promille volltrunken

im Bett. Es ist eine tragische
Geschichte. Ich weiß, dass es für Mord
keine Entschuldigung gibt, aber ich
kann ihn als Vater auch irgendwie
verstehen.
Du hast Recht: Sobald ich hieraus bin,
werden wir wegziehen. Das ist wohl
die beste Lösung. Ich warte jeden Tag
auf Deinen Besuch. Ich sehne mich so
nach Dir! Warum kommst Du denn
nicht?
Ich liebe Dich
Dirk

Lieber Dirk,
die Geschichte von Deinem
Mithäftling hat mich sehr bewegt.
Auch ich habe Verständnis für sein
Verhalten. Natürlich ist Selbstjustiz
der falsche Weg, aber in unserer
Rechtsprechung gibt es auch viele
Gesetzeslücken und Formfehler. Es
wurde ja auch nie aufgeklärt, was nun
genau am S-Bahn-Bahnhof geschah.
Ich muss oft daran denken. Als ich
den Gerichtssaal zum Prozessauftakt
betrat, hatte ich eine große
Erwartungshaltung. Ich wollte

schauen, zuhören, Fakten verstehen und mir dann ein eigenes Bild machen. Dann hast Du die Schuld auf Dich genommen. Das hat mich überrascht und mich entsetzt. Indirekt hast Du ja zugegeben, dass Du den Mann vor die Bahn geschubst hast. Ich kann mir das aber nicht vorstellen. Du bist so ein besonnener und rücksichtsvoller Mensch. Auch das ist etwas, dass mich jeden Tag quält. Ich kann damit nicht umgehen. Ich kann mir nicht vorstellen, dass Du einen Menschen vor eine S-Bahn schubst. Auch in Notwehr, kann ich mir das bei Dir einfach nicht vorstellen.

Es gibt aber noch mehr Dinge, die mich momentan belasten. Das Arbeitslosengeld reicht vorne und hinten nicht aus. Die Miete ist zwar sehr gering, aber ich muss im Moment noch beide Mieten zahlen. Einen Nachmieter für unsere Wohnung habe ich noch nicht gefunden. Das war auch vorauszusehen. Ich wusste, dass sich niemand melden würde. Dabei waren vor Monaten noch alle so

scharf auf unsere
Dachgeschosswohnung. Ich habe den
Golf verkauft. Er ist auf Dauer
einfach zu teuer. Ich fahre jetzt einen
kleinen Japaner, der wenig Benzin
verbraucht und auch in der
Anschaffung billig zu haben war. Ich
habe gestern wieder mehrere
Bewerbungen losgeschickt und hoffe
inständig, dass ich bald wieder
arbeiten kann. Im Altenheim haben
die ungelernte Pflegehelferinnen
gesucht. Schon beim Betreten des
Büros hat die Leiterin mir klar gesagt,
dass die Freundin eines U-Bahn-
Schlägers nicht zu diesem Altenheim
passt. Das war wieder grausam. Vor
Wochen hätte ich mich noch gewehrt.
Heute resigniere ich nur noch. Gegen
solche Typen habe ich doch eh keine
Chance. Der Fußballverein hat Deine
Mitgliedschaft gekündigt. Sie haben
Dich auf sämtlichen Mannschaftsfotos
geschwärzt. Ralf hat sich bei allen
Sponsoren und Gönnern entschuldigt,
dass der Verein kurzzeitig einen
Mörder als Mitglied hatte. Seine
Freundin hat mich gestern an der

Tankstelle beschimpft. Sie war mit mehreren Freundinnen in Ralfs Auto unterwegs. Als ich aus der Tankstelle hinaus kam, beschmierten sie meinen Wagen mit Lippenstift, Altöl, Einmalhandtücher und Wasser. Ich bekam einen Weinkrampf. Sie lachten mich aus und fuhren davon. Ein fremder, älterer Mann half mir. Er tröstete mich und gab mir seine Adresse. Ich solle doch zur Polizei gehen. Er würde als Zeuge zur Verfügung stehen. Ich habe es nicht getan. Es ging nicht. Ich bin entschlossen von der Tankstelle losgefahren und wollte zur Polizeiwache. Am Ende hat mich dann der Mut verlassen. Eigentlich war es wieder Resignation. Du kennst doch die Typen auf der Wache. Der eine ist der Sohn unserer früheren Nachbarn, der andere ist Mitglied im Radfahrclub. Auch Ralfs Neffe und die Schwester von der Gröhde sind dort beschäftigt. Die hätten mich eh sofort wieder weggeschickt. Niemand hätte mir geholfen. Ein anderes Polizeirevier hätte mich schon wegen der Zuständigkeit weggeschickt. Ich habe den Wagen gereinigt. Dann bin ich nach Hause gefahren und habe vor lauter Frust zwei Tafeln Schokolade gegessen. Wenn das so weiter geht, werde ich noch kugelrund. Dieser Frust und diese Einsamkeit. Vor dem Ereignis war ich in vielen Vereinen aktiv. Die meisten haben meine Mitgliedschaft gekündigt. Vom Kirchenchor habe ich noch nichts gehört. In drei Tagen ist wieder Probe. Ich weiß nicht, ob ich mich hin trauen werde. Die Weiss und die Gröhde singen ja mit. Diese Ausgrenzung bricht mir das Herz. Warum tun sie das nur? Warum sind Menschen nur so grausam?

Bitte verzeih mir, dass ich Dich nicht besuchen kann. Ich werde auf Dich warten, aber ich will es auf meine Art tun. Ich glaube nicht, dass ich damit umgehen kann, wenn ich Dich durch eine Glasscheibe hindurch berühren muss. Es sind ja nur noch ein paar Monate. Momentan habe ich die Kraft dazu noch nicht, aber ich arbeite an mir.

In Liebe Ina
Liebe Ina,
auch ich denke immer an Dich. Ich bin psychisch angeschlagen. Ich kann die Ereignisse auf dem Bahnsteig einfach nicht vergessen. Ab nächste Woche werde ich regelmäßig von einem Psychologen betreut. Dein Brief hat mich sehr nachdenklich gemacht. Du bist wirklich der einzige Mensch, der mir diesen Mord nicht zutraut. Rita und Jörg sagen das zwar auch, aber in ihren Augen kann ich die Zweifel erkennen. Du dagegen hast keine Zweifel. Du hast Zweifel an meinem Geständnis. Diese Zweifel sind auch berechtigt, aber ich kann Dir das nicht schreiben. Ich muss mit Dir darüber reden. Von Angesicht zu Angesicht. Es gibt noch ganz viele Dinge zu klären. Es gab so viele Ungereimtheiten und auch merkwürdige Handlungen. Erst hier alleine in meiner Zelle habe ich erkannt, dass es ein Puzzlespiel ist und ich muss die Teile richtig zusammenfügen. Ich spüre, dass ich ganz großen Mist gebaut habe.

Wahrscheinlich habe ich auch den falschen Menschen vertraut. Ralf ist kein Hooligan. Er ist auch kein Ultra, aber ich habe oft genug erlebt, dass er und seine Kumpels auch gerne mal zuhauen. Ich bin doch mit ihm gefahren, weil Du den Wagen für den Notdienst brauchtest. Ich war ja auch nicht wirklich mit ihm befreundet. Es war eher eine Fahrgemeinschaft zu den Bundesligaspielen. Im Knast hat man viel Zeit zum Nachdenken. Ich sortiere gerade die Puzzleteile und dann werde ich sie Stück für Stück zusammensetzen, bis sich am Ende ein Bild zeigt, dass die Wahrheit ans Licht bringt. Bitte versprich mir, dass Du auf mich wartest. Ich habe noch so viele Dinge aufzuklären. Es ist schwer für mich, dass Du nicht zu Besuch kommst, aber andererseits kann ich Deine Haltung verstehen. Ich könnte es auch nicht wirklich ertragen, Dich durch eine Glasscheibe hindurch zu küssen. Wir sind jetzt seit mehr als sieben Jahren zusammen. Das ist eine lange Zeit. Ich war Dir immer treu. Selbst auf unseren Herrenabenden,

wenn es heiß her ging, bin ich zu Dir
nach Hause gefahren. Du bist die
Frau, nach der ich immer gesucht
habe. Vielleicht habe ich es Dir nicht
oft genug gesagt. Auch hier kann der
Knast wahre Wunder wirken. Ich
werde mich in Zukunft anders
verhalten. Das verspreche ich Dir.
Und noch etwas ganz am Rande. Das
hätte ich mir zwar anders gewünscht,
aber es passt jetzt gerade im Moment:
Sobald ich raus komme, werde ich
Dich heiraten!
Ich liebe Dich Dirk

Mein Lieber Dirk,
Dein letzter Brief hat in mir
ungeahnte Gefühle ausgelöst. Dein
indirekter Heiratsantrag hat mich zu
Tränen gerührt. Es sind nur noch
zwölf Monate. Ein läppisches Jahr!
Wir werden es schaffen! Ich spüre
das! Ich habe solange auf Deinen
Antrag gewartet. Ich habe immer von
einer Hochzeit mit Dir geträumt und
jetzt, in der schwersten Zeit meines
Lebens, wird sich dieser Traum
erfüllen. Ich habe vom Tag der

Verhaftung an große Zweifel an Deiner Schuld gehabt. Es ging alles so schnell. Es klingelte und die Polizei stand vor Türe. Sie haben mir nicht gesagt, was los ist. Sie haben nur nach Dir gesucht. Ich habe sie zu Jörg in die Schlosserei geschickt, weil Du ja noch gearbeitet hast. Ich wusste doch nicht, warum Sie darauf bestanden, mit Dir sprechen zu wollen. Ich ahnte nicht, dass sie Dich verhaften! Es war schrecklich! Rita rief mich völlig verzweifelt an. Ich glaubte an einen Irrtum! Warum sollte man Dich denn verhaften? Niemand wusste, worum es ging. So dachte ich zumindest. Auch ich bin dabei Puzzleteile zu sortieren und neu zusammenzulegen. Es gab nur einen, der wusste, warum Du verhaftet wurdest: Ralf. Eigentlich zwei Personen: Er und sein Vater! Das ist doch komisch, oder? Der Bürgermeister und sein Sohn waren mal wieder genau informiert!
Am Abend Deiner Verhaftung hatte Dr. Müller Notdienst. Ich habe in der Praxis übernachtet und Anrufe entgegen genommen. Gegen sieben

Uhr war der Dienst zu Ende. Ich habe
Brötchen geholt und wollte mit Dir
frühstücken. Ich glaubte immer noch
an einen Irrtum! Als ich die leere
Wohnung vorfand, konnte ich mir das
nicht erklären. Ich habe Rita
angerufen. Die wusste nichts. Sie sagte
nur, dass ein Kommissar blöde Fragen
gestellt habe. Mein Anruf auf der
Wache blieb erfolglos. Ralfs Neffe hat
mich am Telefon abgewimmelt und
behauptet, dass Du ein Mörder bist.
Ich saß weinend in unserer Wohnung.
Plötzlich stand mein Vater vor der
Türe. Der Tratsch in unserem Ort!
Furchtbar! Er beschimpfte mich. Du
kennst das ja. Er habe immer Zweifel
an unserer Beziehung gehabt. Ich
hätte doch lieber den Heinrich vom
Milchhof heiraten sollen. Du hättest
noch nie auf unseren Hof gepasst.
Dann packte er meine Sachen
zusammen und verlangte, dass ich mit
auf den Hof zurückkomme. Wütend
und traurig lehnte ich ab. Es folgten
Beschimpfungen. Ich lehnte weiterhin
ab und beteuerte Deine Unschuld. Just
im gleichen Moment standen

Polizisten mit einem Durchsuchungsbefehl vor der Türe. Mein Vater bot mir ein letztes Mal die Rückkehr auf den Hof an. Ich lehnte wieder ab und er sagte, dass er ab heute keine Tochter mehr habe. Mein Bruder werde nun den Hof erben. Es kam alles auf einmal. Ich war wie in Trance. Alleine und verzweifelt. Die Polizisten nahmen Deinen Computer und einige Deiner privaten Unterlagen mit. Ich wusste nicht, wo Du warst und auch nicht, was man Dir zur Last legte. Drei Tage später stand Dein schmieriger Anwalt vor der Türe. Er sagte, dass er ein Freund von Ralf sei und, dass der Herr Bürgermeister mit seinem Vater eng befreundet sei. Er erzählte mir, was geschehen war. Er behauptet, dass Du einen Mann vor eine U-Bahn geschubst hättest. Es geschah in einer Massenschlägerei zwischen aufgebrachten Fans. Im Lokalderby seien wohl die Emotionen mit Dir durchgegangen. Er sehe aber gute Chancen auf einen Freispruch. Danach habe ich ihn erst wieder während des Prozesses gesehen, als er

neben Dir auf der Bank saß. Ich hatte
bis Dato noch keine Verhaftung
erlebt. Ich weiß auch nicht, ob das
alles den richtigen Weg gegangen ist.
Ich kenne so etwas doch nur aus dem
Fernsehen.
Was ist denn nun auf dem Bahnsteig
wirklich geschehen? Warum hast Du
denn nichts gesagt vor Gericht? Hätte
es Dich weiter belastet? Ich versteh
das Ganze nicht!
Auch ansonsten muss ich mit vielen
Problemen kämpfen. Der Pastor hat
mich besucht. Er hat mir gesagt, dass
ihm alles sehr Leid tut und das Gott
verzeiht. Doch auch das war am Ende
nur blödes und leeres Gerede. Sein
Besuch diente nur dazu, mir zu sagen,
dass ich im Kirchenchor zurzeit nicht
gerne gesehen bin. Er schob sich
diesen Satz ganz bis zuletzt auf. So ein
Hohn!
Seit Tagen schlafe ich gar nicht gut.
Ich habe des Öfteren Schritte vor dem
Haus gehört. Jemand hat meinen
Wagen mit dem Graffiti
„Mörderhure" beschmiert. Auch der
Zaun wurde heruntergerissen. Ich

habe Angst. Aber wo soll ich denn
hin? Ich habe die Polizei angerufen.
Ralfs Neffe warf mir vor zu
halluzinieren. Ein Streifenwagen kam
natürlich nicht raus. Ich sehne mich
so nach Dir. Ich will nur noch weg!
In Liebe
Ina

Liebe Ina,
obwohl ich Deine Briefe immer mit
großer Sehnsucht erwarte, stimmen
sich mich in letzter Zeit besorgt und
traurig. Ich habe Angst um Dich. Soll
ich Rita und Jörg fragen, ob Du dort
für ein paar Tage unterkommen
kannst? Ich kann von hieraus auch
nicht viel für Dich tun. Warum ziehst
Du denn nicht in die Stadt? Du bist
dort sicherer. Bitte Ina, bring Dich
nicht unnötig in Gefahr. Ich will Dich
nicht verlieren. Wer weiß, wozu die
noch alles fähig sind.
Ich glaube, dass es an der Zeit ist,
einige Dinge aufzuklären. Ich habe
den Mann nicht vor die einfahrende
Bahn geworfen. Der Anwalt hat mir
geraten, die Schuld auf mich

zunehmen. Das sei meine einzige Chance noch mit einem blauen Auge aus der Sache raus zukommen. Der Mann ist Anwalt. Ich habe ihm vertraut. Heute weiß ich, dass es ein großer Fehler war. Ich habe doch noch nie etwas mit der Polizei zu tun gehabt und schon gar nicht mit der Mordkommission. Nach meinem Geständnis gab es keine Ermittlungen mehr. Einer der zuständigen Kommissare aus der Stadt hatte große Zweifel an meinem Geständnis. Es gab zu viele offene Punkte. Ich wusste damals nicht, wem ich wirklich vertrauen konnte. Der Anwalt war ein Freund von Ralf. Ralfs Vater hat mit seinem Vater zusammen in der Sandkiste gespielt. Ich war blind. Heute ist mir klar, dass an der ganzen Sache etwas faul ist.
Ich suche noch nach fehlenden Teilen. Das ist aus dem Knast heraus sehr schwer.
Bitte versprich mir, dass Du Dein Haus gut abschließt. Im Zweifelsfall rufe bitte bei Rita und Jörg an. Ihnen kann man noch vertrauen.

Es sind nur noch elf Monate. Ich zähle jeden Tag.
In Liebe
Dirk

Lieber Dirk,
Dein letzter Brief hat mich völlig aus der Bahn geworfen. Du hast ein Geständnis abgelegt, obwohl Du für den Tod eines anderen Menschen gar nicht verantwortlich bist! Warum hast Du das getan? Ich verstehe es nicht! Ich suche vergeblich nach Erklärungen. Ich kann das alles auch nicht beurteilen. Dein Geständnis verkürzte den gesamten Prozess ganz entscheidend. Es wurde somit auch nicht näher auf den Tathergang eingegangen. Ich kann das alles nicht verarbeiten. Ich finde momentan auch keine Worte. Bitte sage mir, warum Du ein Geständnis abgelegt hast, wenn Du eigentlich unschuldig bist. Ich muss lernen es zu verstehen.
Die Lage ist ernst, sehr ernst. Ich werde bedroht! Die Polizei handelt nicht! Warum lässt Du das zu? Wenn Du unschuldig bist, dann kläre das

Ganze auf. Du bringst auch mich
damit in Gefahr! Mehr kann ich dazu
nicht sagen.
Bitte sag mir, was passiert ist.
Ina

Liebe Ina,
ich kann Deine Verzweiflung gut
verstehen, aber ich hatte damals
wirklich keine andere Wahl. Es war
alles ganz furchtbar. Ich habe den
Mann da unten im Gleisbett liegen
gesehen. Seine Arme waren
abgetrennt. Der Kopf baumelte nur
noch an einem Hautfetzen. Überall
war Blut. Ich konnte damals darüber
nicht sprechen. Heute kann ich es nur,
weil mir der Gefängnispsychologe
immer zur Seite steht. Plötzlich liefen
alle davon. Ich bin einfach
mitgelaufen. Ich habe eine Frau
umgerannt. Sie konnte sich später
ganz genau an mich erinnern. Ich
weiß noch nicht einmal, warum die
auf mich gekommen sind. Der Anwalt
sagte mir nur, dass Videomaterial aus
den Überwachungskameras existiert,
das mich eindeutig als Täter zeigt.

Tatsächlich gab es eine Kameraüberwachung, aber ich habe die Aufzeichnungen nur einmal gesehen. Es war gleich nach der Verhaftung. Ich war übermüdet nach acht Stunden Verhör. Meine Augen waren verweint und die Lider geschwollen. Ich kann mich an die Aufnahmen noch nicht einmal mehr erinnern. Eigentlich weiß ich nur noch Bruchteile aus den Verhören. Das Überwachungsvideo wurde nicht veröffentlicht, weil die Aufzeichnungen ungenau waren und es einige Ungereimtheiten seitens der Überwachungsfirma gab. Die Polizei hatte außer dem Video keinerlei Hinweise auf einen Täter. Erst ein anonymer Anruf, bei der Polizei, wies auf mich als Täter hin. Das war auch der Grund, warum Ralfs Neffe und die anderen Polizisten aus unserem Ort mit den Ermittlungen vertraut waren. Ein Kommissar aus der Stadt war dagegen, dass die Ermittlungen eingestellt wurden. Er hat mir geraten, dass Geständnis zu widerrufen. Ich habe es nicht getan.

Nach den vielen quälenden Verhören, wusste ich nicht mehr, wer mein Freund und wer mein Feind war. Ich habe dem Anwalt mehr vertraut als der Polizei. Das war ein Fehler! Dumm nur, dass ich das damals nicht gesehen habe. Ralf hat mich einmal in der U-Haft besucht. Auch er war der Meinung, dass ein Geständnis der bessere Weg sei. Ich habe damals nur funktioniert. Ich war eine Marionette. Ich hatte Angst um Dich, Angst um meinen Job und Angst davor, ein Leben lang in den Knast zu müssen. Ich konnte mit niemandem reden. Ich musste jede Entscheidung mit mir alleine ausmachen.
Ich bin völlig verzweifelt. Ich kenne mich auch mit dem Deutschen Recht nicht aus. Der Psychologe sagte, dass eine Neuaufnahme des Verfahrens möglich ist, wenn sich eine neue Beweislage ergibt. Ich kann mir aber keinen Anwalt leisten. Jo meinte, dass die Gerichte völlig mit Arbeit zugeschüttet sind. Dort sei man froh, um jedes beendete Verfahren. Eine Wiederaufnahme ist schwer

durchzusetzen. Das gilt erst Recht, wenn es ein Geständnis gibt. Es sind nur noch drei Tage und zehn Monate bis ich hieraus bin. Eine Neuaufnahme des Verfahrens dauert wahrscheinlich länger. Daher werde ich mich mit meinem Schicksal abfinden. Trotzdem werde ich weiter recherchieren und nach Puzzleteilen suchen. Für mich zählt jetzt nur noch der Tag, an dem ich das Gefängnis verlassen kann. Dann kann ich Dich endlich in die Arme nehmen und wir werden ein neues Leben beginnen. Nur die Liebe zur Dir hält mich am Leben.
Ich denke immer an Dich!
In Liebe
Dirk

Lieber Dirk,
meine Gefühle fahren Achterbahn. Ich kann einfach nicht begreifen, warum Du die Tat gestanden hast, wenn Du doch eigentlich unschuldig bist. Ich wusste immer, dass Du es nicht warst. Ich habe es gespürt. Doch was hätte ich tun sollen? Das ganze Dorf grenzt mich aus. Ich werde

bedroht und mir hilft niemand. Es ist alles schrecklich. Ich habe mit Rita und Jörg geredet. Sie waren sehr überrascht über das falsche Geständnis. Ich glaube, dass sie es mir nicht abgenommen haben. Sie waren freundlich und hilfsbereit wie immer. Doch langsam wird ihre Unterstützung für uns, auch zu ihrer Gefahr. Der Bürgermeister will den Zuschlag für den Rathausneubau an eine andere Firma vergeben, wenn Jörg uns weiterhin unterstützt. Jörg hat Angst um seine Existenz! Deine Weiterbeschäftigung kommt wohl nicht mehr in Frage. Er kann mir auch das Haus nicht länger überlassen. Die Entscheidung ist ihm schwer gefallen, aber ich kann ihn auch verstehen. Kunden haben Aufträge storniert und Neuaufträge hat er seit Wochen nicht erhalten. Er hat eine Familie. Es fällt mir schwer meinen Heimatort zu verlassen. Aber was soll ich hier noch? Uns glaubt niemand. Noch nicht einmal die eigene Familie hält zu uns. In einer Woche ziehe ich in ein kleines Apartment an den Stadtrand. Es liegt im 10. Stock einer Hochhaussiedlung und hat gerade mal 35 Quadratmeter Wohnfläche. Das reicht erst einmal aus für mich. Sobald Du wieder da bist, werden wir uns dann etwas Größeres suchen. In der Stadt sind auch meine Jobaussichten wesentlich höher, als auf dem Land. Ich versuche positiv zu denken, auch wenn es mir schwer fällt. Die Koffer und Kartons habe ich bereits gepackt. Rita und Jörg wissen noch nicht, dass ich ausziehe. Sie haben mir zwar nahgelegt, mir schnellstens eine andere Bleibe zu suchen, aber ich habe gespürt, dass es Ihnen sehr Leid tat. Auf der einen Seite habe ich volles Verständnis für Ihr Verhalten, aber auf der anderen Seite hasse ich sie dafür. Überhaupt spielt mein Gefühlsleben momentan verrückt. Mal bin ich trotz allem glücklich und sogar überschwänglich. Im nächsten Moment bin ich zu Tode betrübt und muss einfach nur weinen. Ich kann den Tag kaum noch erwarten, bis ich Dich endlich wieder bei mir habe! Du

gibst mir die Kraft, dass Alles
durchzustehen. Ohne Dich hätte ich
mich wahrscheinlich längst
umgebracht.
Ich liebe Dich
Deine Ina

Liebe Ina,
es tut mir so leid, dass Du wegen mir
in die Stadt ziehen musst. Ich weiß,
wie sehr Du die Stadt hasst. Ich würde
Dir so gerne helfen, aber meine
Möglichkeiten sind begrenzt. Ich kann
Dir einfach nur wünschen, dass Du
stark genug bist. Ich bin in Gedanken
immer bei Dir. Es sind nur noch ein
paar Monate, dann ist dieser
Alptraum vorbei. Auch ich habe
gerade eine depressive Phase. Jo redet
oft mit mir. Das gibt mir Kraft. Er
hilft jetzt auch in der Küche. Er
spricht mir Mut zu. Auch die
Gespräche mit dem Psychologen tun
mir gut. Hier kann ich einfach drauf
los reden. Er hört mir zu und er
erkennt gleich, wie es in mir aussieht.
Er hat mir versprochen, dass er sich
für eine notwendige psychologische

Behandlung, auch nach der Knastzeit, aussprechen will. Das würde meine psychologische Betreuung auch nach der Entlassung sicherstellen. Aber bis dahin bleibt ja noch einige Zeit. Jetzt musst Du sehen, dass Du Dich zur Recht findest. Ich habe in den letzten Tagen sehr oft an diesen Samstag gedacht. Immer wieder sehe ich den Mann im Gleisbett liegen. Je öfter ich mich an die Szenen erinnere, desto mehr setze ich die Einzelteile zusammen. Ich sehe Dich noch winken, als ich unten vor dem Haus in Ralfs Wagen stieg. Es war eigentlich alles so wie immer. Das Lokalderby war natürlich ausverkauft. Es gab immer Auseinandersetzungen und Schlägereien. Die Fangruppen sind seit Jahrzehnten verfeindet. Dementsprechend groß war das Polizeiaufgebot. Zahlreiche Straßen waren gesperrt. Wir standen schon mehr als eine Stunde im Stau. Da wir Angst hatten das Spiel zu verpassen, beschlossen wir mit der S-Bahn weiterzufahren. Wir haben den Wagen in einem Vorort gleich neben

einer S-Bahn-Haltestelle geparkt. Ein
Ticket benötigten wir nicht, da die
Eintrittskarten auch zur Nutzung des
Öffentlichen Personennahverkehrs
berechtigt. Ralf hat noch ein paar
Flaschen Bier an einem Kiosk gekauft.
Am Bahnsteig traf er dann zufällig
einige seiner Freunde, die er von den
Auswärtsspielen kannte. Es waren
auch Ultras dabei. Ich habe mir
darüber keine
Gedanken gemacht. Der Bahnhof war
gut gefüllt mit Polizei und mit Fans
beider Lager. Wir tranken ein Bier,
prosteten uns zu und stimmten
Fangesänge an. Die Bahn war schon
gut gefüllt, als sie den Bahnhof
erreichte. Wir mussten uns regelrecht
hineinquetschen. Nach drei Stationen
mit Gesang und Gedränge erreichten
wir schließlich den Zielbahnhof. Fast
zeitgleich kam eine Bahn mit
gegnerischen Fans im Bahnhof an. Sie
hielt am Gleis gegenüber. Ich bin mit
den Anderen aus der Bahn
ausgestiegen. Dann ging alles ganz
schnell. Erst gab es Drohgesang und
dann flogen die ersten Steine.

Innerhalb von Sekunden eskalierte die Situation. Die Polizei bekam die schlagenden Fangruppen nicht auseinander. Ich versuchte den Ausgang zu erreichen und kämpfte mich durch die Menschenmenge. Immer wieder bekam ich Fußtritte und Faustschläge ab. Mehrmals habe ich mich zur Wehr gesetzt. Ralf war hinter mir. Er langte kräftig zu und seine Freunde aus der Ultraszene mischten munter mit. Es wurde immer enger. Ich spürte immer mehr Tritte und versuchte aufrecht zu bleiben. Meine größte Sorge war, die Angst zu stürzen. Es war der absolute Irrsinn. Menschen gerieten völlig außer Kontrolle. An einem Fahrscheinautomaten lehnte ein kleiner Junge, der nach seinem Vater schrie und weinte. Ein Polizist versuchte ihm zu helfen, aber er konnte ihn nicht erreichen. Irgendwann habe ich nur noch um mich gehauen. Ich wollte daraus. Ich war total panisch vor Angst. Dann fuhr eine Bahn ein. Just als sie an uns vorbeifuhr sah ich den Mann nach

unten fallen. Es gab einen
fürchterlichen Knall. Seine
Extremitäten flogen herum. Überall
war Blut. Ich stand wie gelähmt da.
Ein Teil der Schläger rannte weg. Ich
war mit der Situation überfordert.
Der Mann lebte nicht mehr. Sein Kopf
war bis auf wenige Hautfetzen vom
Rumpf getrennt. Ralf zog an meinen
Arm und forderte mich auf
loszulaufen. Immer wieder schrie er,
dass wir weg müssten. Die Polizei hielt
einige der Schläger fest und half
verletzten Passanten. Ich bin gerannt
so schnell ich nur konnte. Auf der
Treppe habe ich dann eine Frau
umgerannt. Sie konnte sich später
genau an mich erinnern. Ralf und
seine Freunde waren in einem
Siegestaumel. Sie sahen sich als
überlegene Macht den anderen Fans
gegenüber. Der tote Mann im
Gleisbett war ihnen egal. Hämisch
bezeichneten sie seinen Tod als
Kollateralschaden. Ich war fertig,
einfach nur fertig. Die sind ins Stadion
gegangen, als sei nichts passiert. Für
mich war das unmöglich. Ich hatte

keine Lust mehr auf Fußball. Ich habe mich in verschiedenen Kneipen zulaufen lassen und bin dann irgendwann mit dem Bus und mit dem Taxi nach Hause gefahren. Du hast selber gesagt, dass ich ganz schön betrunken war. Ich habe Dir damals nichts darüber erzählt, weil ich mich geschämt habe. Ralf und seine Freunde haben die Schlägerei angeheizt. Sie haben sie förmlich herbeigeschworen. Ich bin mit diesen Leuten gemeinsam zum Spiel gefahren. Ein Mann ist gestorben nur, weil ein paar Fans ihre Gruppenstärke zeigen mussten. Ich bin da hinein geraten. Ich habe mich ganz oft mit der Szenerie auseinandergesetzt. Der Mann ist links hinter mir hinab gestürzt. Ich kann ihn gar nicht geschubst haben. Außerdem habe ich niemals so feste zurückgehauen. Ich habe nur gedrückt und meinen Kopf geschützt. Der Mann wog locker 90 Kilo. Ich hätte dazu gar keine Kraft gehabt. Ich war das nicht. Ich war viel zu weit von ihm entfernt. Es ist schrecklich. Ich kann an gar nichts anderes mehr denken. Ich fühle mich schlecht. Dieser Anwalt hat mich beeinflusst. Er hat mir gesagt, dass ich jahrelang in den Knast wandere. Ein Geständnis sei der einfachste Weg. Ich habe ihm blind vertraut. Er ist doch ein Freund von Ralf. Warum habe ich nicht auf diesen einen Kommissar gehört? Er hat mir klipp und klar ins Gesicht gesagt, dass ich lüge. Er hat mich gefragt, wen ich schützen will? Ich habe nicht geantwortet. Ich würde alles dafür tun, um noch einmal mit diesem Kommissar zu reden. Er hieß Reibe, so wie das Küchengerät. Das hat er gleich hinzugefügt, als wir uns da erste Mal begegneten. Deshalb ist mir der Name in Erinnerung geblieben. Sobald ich hieraus bin, werde ich ihn anrufen oder vielleicht auch zu ihm ins Kommissariat gehen. Ich will die Wahrheit erfahren. Der Psychologe hat mir auch dazu geraten. Nur so kann ich mit diesem Fall endlich abschließen und mit Dir ein neues Leben beginnen.

Ich hoffe sehr, dass Du Dich in der neuen Wohnung wohlfühlen wirst. Es ist für uns alle nicht einfach.
Manchmal nimmt das Leben einen unglücklichen Verlauf. Wir müssen an uns glauben, dann werden wir auch alles andere schaffen. Bitte schreibe mir alles über Dein /unser neues zu Hause. Es interessiert mich sehr. Danke, dass Du trotz allem noch immer zu mir stehst.
Ich werde Dich immer lieben.
Dein Dirk

Lieber Dirk,
der heutige Brief wird sehr lang werden, denn ich habe eine ganze Menge Neuigkeiten für Dich. Ich bin seit drei Tagen in der neuen Wohnung. Es gefällt mir viel besser, als ich gedacht habe. Der Umzug war anstrengend. Ich habe alle Sachen alleine getragen und mit meinem Wagen transportiert. Zum Glück haben wir ja nicht viele Möbel. In der neuen Wohnung ist schon eine Küche drin. Ich habe nur unser Bett, den Schlafzimmerschrank, die Couch,

zwei Sessel und ein paar Regale mitgenommen. Natürlich auch alle unsere persönlichen Sachen. Ich habe einen Wimpel von Deiner Mannschaft in den Flur gehängt. Daneben steht Dein Bild. So denke ich immer an Dich. Du wirst von der neuen Wohnung begeistert sein. Von unserem Balkon kannst Du die Flutlichtlampen vom Stadion erkennen. Ein Nachbar sagte mir, dass er, je nachdem wie der Wind steht, sogar die Gesänge und den Torjubel aus dem Stadion hören kann. Die Nachbarn sind alle sehr nett. Nebenan wohnt ein Student. Der hat mir sogar geholfen die Möbel hineinzutragen. Gegenüber wohnt eine alleinerziehende Mutter mit zwei Kindern. Links von mir wohnt ein alleinstehender Mann und am Ende des Ganges wohnt ein älteres Ehepaar. Alle sind nett und hilfsbereit. Ich fühle mich hier sehr wohl. Der Umzug hat zwar nicht viel Geld gekostet, aber ich bin trotzdem ziemlich blank. Eine Waschmaschine habe ich noch nicht gekauft. Aber das werde ich nachholen, sobald ich wieder eine Arbeit gefunden habe. In der nächsten Woche habe ich gleich zwei Vorstellungsgespräche. Ich bin gespannt und voller Hoffnung. Ich habe Rita angerufen und Ihr gesagt, dass ich umziehe. Sie war sehr erfreut darüber. Noch bevor ich nachfragen konnte, ob sie mir noch einmal beim Umzug helfen könnte, hatte sie mich schon abgewimmelt. Jörg habe schreckliche Rückenprobleme und im Moment hätten sie auch keinen freien Firmenwagen. Ich habe das Gespräch dann sofort beendet. Den Schlüssel habe ich den Beiden mit der Post zugeschickt. Mein Heimatort ist Vergangenheit. Es ist ein Sumpf aus Korruption, Lügen, Neid, Denunzianten und Kriminellen. Auch wenn Du es mir jetzt bestimmt nicht glaubst, aber ich bin froh, dass ich dort weggezogen bin. Ich war noch nie so motiviert und kraftvoll. Genau diese Motivation hat mich dann auch ins Gebäude der Kripo geführt. Tagelang habe ich über Deinen Brief nachgedacht. Da draußen läuft ein

Mörder frei herum für den Du
unschuldig ins Gefängnis gegangen
bist. Das kann und das will ich nicht
zulassen. Ich habe vor zwei Tagen
allen Mut zusammengefasst und bin
zur Kripo gefahren. Kommissar Reibe
konnte sich gleich an den Fall
erinnern. Leider hatte er keine Zeit.
Er bot mir an, ihn abends in seiner
Fischerhütte zu besuchen. Ich bin
dann dahin gefahren. Er war sehr nett
und bot mir eine Tasse Kaffee an,
während er ganz in Ruhe seine
ausgeworfenen Angelrouten
beobachtete. Er sagte, dass Angeln ein
echter Ausgleich zu seinem Beruf sei.
Aber das ist jetzt auch egal. Er hat
immer an Deine Unschuld geglaubt.
Es gab viel zu viele Ungereimtheiten
in dem Fall. Sein Kollege habe die
Hauptermittlungen damals
übernommen. Der war ziemlich
überfordert. Es war erst sein dritter
Fall und er war froh, als Dein
Geständnis kam. Reibe sagte ihm
damals, dass er den Fall nicht
abschließen dürfe. Daraufhin hat
Reibe wohl mit Dir geredet, aber Du

hast auf Deine Aussage bestanden. Dann habe er den Kollegen informiert und der habe die Akte zugeklappt. Das Video war wertlos. Es hätte für eine Verurteilung nicht ausgereicht. Zusehen war nur eine schlagende Menschenmenge. Aus dieser Menge heraus stürzte der Mann vor die Bahn. Selbst mit modernster Computertechnologie konnte man keinen Täter ausfindig machen. Aber das war noch lange nicht alles. Es gab noch ein zweites Video. Es war genau auf diesen Bahnsteigabschnitt gerichtet. Die zuständige Sicherheitsfirma meldete gleich nach den Geschehnissen den Verlust der Aufzeichnungen. Angeblich habe ein Mitarbeiter die Aufzeichnungen aus Versehen gelöscht. Reibe konnte sich das nicht erklären. Sieben Monate zuvor war es an gleicher Stelle zu schweren Fanausschreitungen gekommen. Dabei wurden ein Familienvater und ein Polizist verletzt. Die Aufzeichnungen hätten die beiden Taten aufklären können. Doch auch damals waren die

Aufzeichnungen aus Versehen gelöscht wurden. Eine neue Mitarbeiterin gab zu, dass sie überfordert gewesen sei und deshalb verschiedene Programme aktiviert hätte. Darunter sei auch das Löschprogramm gewesen. Warum die Aufzeichnungen bei Deinem Fall gelöscht wurden, blieb unklar. Der Dienstplan war plötzlich weg und so konnte man noch nicht einmal ermitteln, wer für die Löschung verantwortlich war. Reibe vermutet, dass die Ultras Kontakt zu dem Sicherheitsunternehmen haben. Vielleicht arbeitet dort einer der Schläger. Es kann auch sein, dass einer der Mitarbeiter eine hohe Geldsumme für die Löschung erhalten hat. Im ersten Fall hatte Reibe einen Verdacht. Eine Mitarbeiterin, die innerhalb einer Hartz4-Maßnahme für das Unternehmen tätig war, konnte sich plötzlich den Kauf neuer Möbel leisten und war zum Urlaub nach Mallorca geflogen. Die Prüfung ihrer Konten ergaben keine Hinweise. Sie muss das Geld bar erhalten haben.

Letztendlich blieb es bei dem Verdacht und man konnte ihr nichts nachweisen. Ungewöhnlich habe sich wohl auch Ralf verhalten. Bei der ersten Befragung habe er angegeben, nichts gesehen zu haben. Er sei von den Fans richtig eingekeilt gewesen. Erst bei der zweiten Aussage, konnte er sich plötzlich daran erinnern, dass Du dicht neben dem Opfer warst. Angeblich wollte er Dich zunächst schützen, aber dann habe er doch ein schlechtes Gewissen gegenüber dem Opfer und seiner Familie bekommen. Die Aussage hat Dich zu Unrecht belastet. Ralf ist seit Jahren mit Elke zusammen. Das scheint aber nicht seine einzige Freundin zu sein. Die Ausschreitungen rund um die Spiele haben abrupt zugenommen. Deshalb gab und gibt es vereinzelte Überwachungsmaßnahmen seitens der Polizei. Auch Ralf wurde von der Polizei überwacht. Es gab sogar mehrere Anzeigen gegen ihn wegen Körperverletzung und Anstiftung zu einer Straftat. Auch Reibe hat hin und wieder die Überwachung von Ralf übernommen. Er war sich nicht sicher, glaubt aber, dass eine von Ralfs Freundinnen für das Sicherheitsunternehmen der S-Bahn-Bahnhöfe gearbeitet hat. Er habe die Frau während der Überwachung nur im Dunkeln gesehen. Es war daher nur ein Verdacht, der natürlich in den Akten nicht auftaucht. Ralf war schon immer kriminell. Er hat in der Schule immer Schlägereien angezettelt und er hat während der Klassenfahrt auch den Alkohol besorgt. Damals haben auch andere dafür die Verantwortung übernommen. Wenn der Vater Bürgermeister ist, dann wird die Weste des Sohnes einfach weiß gewaschen. Opfer sind immer die Anderen. Reibe hat mir versprochen noch mal in die Akten zu sehen. Es gab einige Ungereimtheiten. Ich treffe ihn am Samstag wieder in seiner Angelhütte.

Jetzt zu der weiteren erfreulichen Nachricht. Ich war am Montag bei einem Vorstellungsgespräch in einer Kinderarztpraxis. Der Arzt ist Inder. Er hat die Praxis von einem Kollegen übernommen, der sich zur Ruhe gesetzt hat. Momentan sind die Handwerker dabei die Räume umzugestalten. In einem Monat öffnet die Praxis und ich werde als Arzthelferin hinter dem Empfangsschreibtisch sitzen. Ich werde den Dienst zuerst alleine übernehmen. Seine Frau ist auch Kinderärztin. Sie steigt in drei Monaten mit in die Praxis ein und wird dann noch eine Arzthelferin aus ihrer früheren Praxis mitbringen. Ich kann das alles immer noch nicht wirklich glauben. Der Anruf kam zwei Stunden nachdem Vorstellungsgespräch. Ich habe vor Freude geweint und mir eine Pizza beim Pizzaservice bestellt, obwohl ich mir die momentan gar nicht leisten kann. Bis zu meinem ersten Arbeitstag bleiben noch knapp vier Wochen. Diese Zeit werde ich nutzen, um den wahren Mörder zu finden. Da werden einige Leute sicherlich etwas dagegen haben. Gestern hat Rita sich über die Handynummer gemeldet. Sie war ganz aufgeregt. Das Haus Ihrer

**Mutter wurde mit Farbe beschmiert.
Sie habe einen anonymen Brief
bekommen. Darin stand, dass die
Mörderhure endlich aus dem Haus
ihrer Mutter ausziehen soll. Die Täter
dachten wohl, dass ich noch da wohne.
Es kommt aber noch besser. Rita
wollte unbedingt meine neue Adresse
wissen. Ich habe ihr die Adresse nicht
gesagt. Dann wurde sie panisch und
am Ende hat sie mich sogar
beschimpft. Ich glaube, dass sie unter
Druck gesetzt wurde.
Es sind nur noch fünf Monate. Die
Zeit rennt. An meinem ersten
Arbeitstag werden es nur noch vier
Monate sein. Ich sehne mich so nach
Dir. Ich kann es kaum noch erwarten.
Ich will endlich wieder mit Dir auf der
Couch kuscheln. Es wird sich alles
zum Guten wenden.
Da bin ich mir sicher!
Ich liebe Dich
Deine Ina**

**Meine liebe Ina,
ich kann fast nicht glauben, dass Du
mit Reibe geredet hast. Ich bin**

erleichtert, aber ich mache mir auch Sorgen um Dich. Bitte tue nichts Unüberlegtes. Ich liebe Dich. Ich bin Dir dankbar. Ich habe mit Jo über die Situation geredet. Er meint, dass Du Reibe von den Bedrohungen und Geschehnissen in unserem Ort erzählen solltest. Sei bitte vorsichtig und informiere Reibe, wenn Du auf eigene Faust Dinge aufklärst.
Ich weiß, dass Ralf mehrere Freundinnen hat. Elke ist doch nur seine Vorzeige-Freundin in unserem Ort. In der Stadt hat er gleich mehrere. Im Stadion hat er sich auch öfter mit Frauen getroffen. Du kennst ihn doch. Er hat mit seinen Autos geprallt, die Kreditkarten gezückt und dann den Frauen kleine Geschenke gemacht. Einige Frauen stehen auf solche Männer. Das mit der Freundin im Sicherheitsunternehmen ist gar nicht so abwegig. Vor ein paar Monaten waren wir zusammen im Stadion. Er hatte noch ein Date und hat mich deshalb im Auto bis zum Bahnhof mitgenommen. Dort war er verabredet. Beim Aussteigen habe ich

gefragt, ob seine Verabredung mit dem Zug kommt. Er hat nicht geantwortet, sondern so getan, als hätte er mich nicht verstanden. Dann fuhr er einfach los. Ich bin in den Bahnhof hineingegangen. Meine Bahn war gerade weg und ich musste eine Dreiviertelstunde warten. Ich bin im und vor dem Bahnhof rumspaziert. Ralfs Wagen stand direkt vor dem Bahnhof. Von ihm war aber weit und breit nichts zu sehen. Vielleicht hat er der Sicherheitsfirma einen Besuch abgestattet. An diesem Tag war Pokalspiel. Am Wochenende davor war das Bundesligaspiel mit den schweren Ausschreitungen. Es gab einige Verletzte. Ich habe das Spiel nicht besucht, weil ich in der Schlosserei einen Fensterrahmen fertigstellen musste. Ralf hat das Bundesligaspiel alleine besucht und er war mit der Bahn dort. Das weiß ich ganz genau. Er hat mich zwei Tage vor dem Spiel angerufen und mir gesagt, dass er mit der Bahn fährt. Er wollte sich betrinken und Frust ablassen. Das ist schon eine komische

Sache. Aber ich kann mir ehrlich gesagt nicht vorstellen, dass Ralf soweit gehen würde. Langsam macht mir die ganze Geschichte Angst. Ich habe Angst, dass Dir etwas zustößt. Bitte gehe kein Risiko ein. Überlass das lieber dem Kommissar.
Letzte Nacht habe ich von Dir geträumt. Wir sind zusammen einen Strand entlang gegangen. Es war sehr kalt und ich habe meine Jacke ausgezogen und sie über Deine Schultern gelegt. Vor uns liefen ganz viele Kinder. Ich weiß nicht, ob es unsere Kinder waren, denn ich bin leider aufgewacht. Ich denke so oft an Dich. Es sind nur noch ein paar Wochen bis ich bei Dir bin.
Dass Du bald wieder arbeitest, finde ich großartig. Es tut mir alles so schrecklich leid. Ich habe viele Fehler gemacht. Ich kann die Zeit aber nicht zurückdrehen. Auf der einen Seite denke ich, dass ich nie wahre Freunde und schon gar keine Familie gehabt habe. Alle haben mir sofort die Schuld zugewiesen. Nur meine Oma, die hat nie etwas Böses gesagt oder getan. Mit

ihrem Tod vor drei Jahren starb auch meine Familie. Meine Mutter lebt seit 15 Jahren in einer Kommune auf Ibiza. Die weiß noch nicht einmal, dass ich im Knast bin. Mein Bruder hat mir einen Brief ins Gefängnis geschickt. Er lebt immer noch in Hamburg. Seine Frau möchte nicht mehr, dass er Kontakt zu mir aufnimmt. Sie hat Angst, dass ich einen schlechten Einfluss auf meine beiden Neffen habe. Auch sie möchten keinen Kontakt zu einem Mörder. Er will Omas Haus verkaufen. Mir steht die Hälfte des Hauses zu, aber wer in unserem Ort soll Interesse an dem Haus haben? Niemand wird das Haus kaufen. Ralfs Vater wird sicherlich Interesse an dem Haus zeigen. Aber der wird den Preis ins Bodenlose drücken.

Als ich in den Knast kam, war ich völlig fertig. Ich hatte überhaupt keinen Lebensmut mehr. Ich habe noch nie etwas mit der Polizei zu tun gehabt. Ich bin immer ein friedfertiger Mensch gewesen. Übernacht erwache ich und finde mich im Knast zwischen Schwerverbrechern wieder. Ich dachte, dass mein Leben nun zu Ende sei. Ich wusste, dass ich unschuldig bin, aber es war mir in diesem Moment völlig egal. Dann kam Dein erster Brief und ich schöpfte Hoffnung. Deine Briefe haben mir zu neuen Lebenswillen verholfen. Auch die Gespräche mit dem Psychologen geben mir neue Kraft. Dass Du zu Kommissar Reibe gegangen bist hat mich nicht nur sehr beeindruckt. Es hat mich auch stark gemacht. Mir ist klar geworden, dass ich diese Schuld nicht weiter tragen kann. Als ich aus dem Gerichtsaal geführt wurde habe ich der Frau des Opfers in die Augen gesehen. Diesen Hass, der mir entgegen trat, werde ich nie vergessen. Der 15-jährige Sohn saß direkt daneben. Er spuckte vor mir auf den Boden. Die kleine Tochter des Opfers zuckte zusammen als ich vorbeiging. Ich will nicht mehr, dass sie in mir den Mörder ihres Mannes und Vaters sehen. Ich will die Wahrheit und ich werde die Wahrheit finden. Mit Dir

an meiner Seite kann gar nichts schief gehen.
Danke für Deine Liebe und Deine Unterstützung
Dirk

Lieber Dirk,
ich hatte Tränen in den Augen, als ich Deinen letzten Brief gelesen habe. Vor allem die Verachtung durch die Familie des Opfers hat mich sehr nachdenklich gemacht. Sie wussten, dass ich Deine Freundin bin. Als ich das Gericht verließ beschimpfte der Sohn mich. Seine Mutter rief ihn zurück und bat mich um Entschuldigung. Der Mord hat eine ganze Menge Familien und Beziehungen zerstört. Wir sitzen doch alle im selben Boot. Sie leiden und wir leiden. Doch es gibt etwas ganz Entscheidendes: Wir leiden zu Unrecht. Du hast einen Mord auf Dich genommen, den Du nicht begangen hast. Das geht nicht!
Genau das hat auch Kommissar Reibe gesagt, als ich ihn gestern wieder in der Angelhütte getroffen habe. Er ist

seit mehr als 40 Jahren im Dienst und er wird bald pensioniert. Er sagte mir, dass er eine ganze Reihe Fälle bearbeitet hat, bei denen er ein ungutes Gefühl hatte. Andererseits hat er auch einige Freisprüche aus Mangel an Beweisen erlebt und ist sich bis heute trotzdem sicher, dass es sich um die Täter handelte. Ein falsches Geständnis haben auch einige seiner Kandidaten abgelegt. Allerdings wurden die meisten Geständnisse widerlegt oder von Familienmitgliedern aufgetischt, die andere schützen wollten. Ich habe ihm schon bei unserem ersten Treffen gesagt, dass Du niemanden schützen wolltest. Er konnte sich nicht erklären, warum Du dann so gehandelt hast. Aber genau das, kann ich mir ja auch nicht erklären. Was hast Du nur getan? Reibe meint, dass Du Dich immer wieder an die Szenerie im Bahnhof erinnern musst. Vielleicht gibt es ein winziges Detail, das Dich entlastet. Er ist gerade dabei die Akten noch einmal durchzugehen. Er hofft, dass damals etwas übersehen

oder nicht berücksichtigt wurde. Er riet mir zur Vorsicht. Wir bleiben weiterhin in Kontakt und treffen uns in einer Woche wieder in der Angelhütte.
Ich hatte in den letzten Tagen viel Zeit zum Nachdenken. Meist sitze ich in der Wohnung und schaue über die Stadt. Ich warte auf Deine Heimkehr und auf meinen ersten Arbeitstag. Vor ein paar Tagen war ich bei der Nachbarin. Sie bat mich spontan auf eine Tasse Kaffee und ein Stück Kuchen herein. Ihre Tochter hatte Geburtstag. Es war ein richtig toller Kindergeburtstag. Ich habe ihr noch bei den Kinderspielen geholfen. Es war ein unbeschwerter Tag und ich konnte die ganzen Sorgen für einen kleinen Moment vergessen.
Abends war ich fix und fertig, aber glücklich. Ich bin so froh, wenn Du wieder zu Hause bist. Ich vermisse Dich sehr.
In Liebe
Deine Ina

Liebe Ina,
ich zähle die Tage. Jeden Tag sehne ich mich mehr und mehr nach Dir. Es ist wie ein Schmerz. Ich denke so sehr an Dich, dass ich Dein Parfum riechen kann. Ich liebe Dich so sehr. Das ist mir hier im Knast erst richtig bewusst geworden. Du hast zu mir gehalten und Du hast an meine Unschuld geglaubt. Einen besseren Liebesbeweis gibt es doch gar nicht. Ich will Dich heiraten und ich will mit Dir eine Familie gründen. Zunächst muss ich aber eine neue Arbeitsstelle finden und ich will meine Unschuld beweisen. Kommissar Reibe hat mich besucht. Es war ein komisches Gefühl. Die ganzen Emotionen und Erinnerungen von damals kochten wieder hoch. Ich glaube, dass ich das Geständnis widerrufen werde. Reibe hat lange mit mir geredet. Wir sind den Fall nochmal Stück für Stück durchgegangen. Ich kann mich trotzdem nicht an Alles erinnern. Ich wollte raus aus dem Bahnhof und versuchte durch die Menschenmenge zukommen. Ich bekam immer wieder

Schläge und Tritte ab. Ralf und
Frank, so hieß einer von Ralfs
Freunden, die wir zuvor an der S-
Bahn-Haltestelle getroffen haben,
waren hinter mir. Uns trennten
vielleicht vier bis fünf Schritte. Ich
habe zu ihnen herüber geschaut. Beide
schlugen sich mit anderen Personen.
Dann fuhr die Bahn in den Bahnhof
und ich drehte mich zurück um raus
zu kommen. Dann flog der Mann vor
die Bahn. Die Leute schrien. Ich bin
mir fast sicher, dass das Opfer kurz
vor Ralf gestanden hat. Ich weiß es
aber nicht hundertprozentig. Das
Opfer trug eine schwarze Jacke.
Nichts Markantes. Ich kann mich
einfach nicht erinnern. Die vielen
Menschen haben die Sicht verdeckt.
Aber der Mann war nicht in meiner
Nähe ganz bestimmt nicht. Ich denke
und denke und denke, aber ich kann
mich einfach nicht erinnern.
Du hast in drei Tagen Deinen ersten
Arbeitstag. Deshalb sollst jetzt nur
noch an Dich denken. Ich wollte Dir
eigentlich ein Bild malen, aber ich
habe alle Malutensilien in den Müll

geworfen. Sie haben mich immer an Rita und Jörg erinnert. Sie haben mir die Sachen damals mit in den Knast gebracht. Der Psychologe sagt, dass ich negative Dinge aus meinem Leben streichen muss. Am Anfang hat mir das Malen richtig Spaß gemacht. Doch nachdem Rita und Jörg mich nicht mehr besuchten und auch den Kontakt zu Dir mehr oder minder abbrachen, konnte ich beim Malen keine Freunde mehr empfinden. Ich bin so enttäuscht von den Beiden. Meine Oma hat mir immer von Jörg und meinem Vater erzählt. Seit meiner Geburt kenne ich Jörg. Er war der beste Freund meines Vaters. Als Vater starb und meine Mutter nach Ibiza abhaute, half er meiner Oma wo er nur konnte. Er war immer für uns da. Ich wollte nach der Realschule eigentlich Koch werden. Aber ich fand keine Ausbildungsstelle. Meine Oma war verzweifelt. Jörg bot mir dann die Schlosserlehre an. Ich habe seit meiner Ausbildung dort gearbeitet. Ich bin so enttäuscht. Es tut weh, wenn

sich Menschen plötzlich von Dir
abwenden nur, weil sie von anderen
Menschen unter Druck gesetzt
werden.
Ich werde die ganze Zeit an Dich
denken. Du wirst bestimmt eine gute
Kinderarzthelferin. Du wolltest doch
immer in einer Kinderarztpraxis
arbeiten. Ich drücke Dir alle Daumen
die ich habe! Alles wird gut!
Ich liebe Dich
Dirk

Lieber Dirk,
die ersten Arbeitstage liegen hinter
mir. Es läuft alles bestens. Es macht
riesig Spaß mit Kindern zu arbeiten.
Der Arzt und seine Frau sind sehr
nett. Ich bin so glücklich! Ich schäme
mich schon fast dafür, weil Du immer
noch in Deiner Zelle sitzt. Du musst
Dein Geständnis widerrufen.
Ich habe mit Kommissar Reibe
telefoniert. Er hat mir erzählt, dass er
Dich besucht hat. Er hat Dich ganz
anders in Erinnerung. Damals habe
gegenüber von ihm ein kampfloser
und verzweifelter Mann gesessen.

Heute hast Du wohl entschlossen und selbstbewusst gewirkt. Das hat dem Kommissar imponiert. Er will den Fall noch ein weiteres Mal durchgehen. Zudem will er noch einmal mit den früheren Kollegen reden und mit einigen der Zeugen. Rita hat gestern wieder angerufen. Sie wollte unbedingt meine neue Adresse haben. Ich habe nachdem Grund gefragt. Sie hat nur gestottert und gemeint, dass sie mich besuchen wollte. Ich habe ihr gesagt, dass ich momentan keinen Besuch bei mir zu Hause wünsche. Sie war darüber nicht überrascht. Ihre Stimme klang eher verzweifelt. Am Ende unseres Telefonates habe ich sie gefragt, für wen Sie meine neue Adresse in Erfahrung bringen muss. Sie antwortete nicht. Ich habe sie dann gefragt, wer sie unter Druck setzt. Da begann sie zu weinen und legte mit dem Vorwand auf, dass es an der Türe geklingelt habe. Sie hat mich belogen. Am Anfang unseres Telefonates sagte sie, dass sie eh auf dem Weg in die Stadt sei. Ich konnte die

Motorgeräusche ihres Wagens
deutlich hören. Wer macht so was?
Warum tut sie das? Wer setzt sie so
unter Druck? Die drehen langsam
durch in unserem Ort. Ihre Methoden
werden immer dreister und
unmenschlicher. Ich bin froh, dass ich
weggezogen bin, auch wenn, ich mir
das nie hätte vorstellen können.
Auch ich denke ständig nach. Plötzlich
konnte ich mich an etwas ganz
Markantes erinnern. Es war die
Mallorca-Fete bei Ralfs Eltern. Da
war doch diese komische Blondine mit
diesem Leoparden-Rock und den
irren hohen Pumps. Ich war mit ihr
am kalten Buffet. Wir kamen ins
Gespräch. Sie sagte mir, dass sie erst
vor einigen Tagen aus Mallorca
zurückgekommen sei. Sie war
wirklich freundlich und stellte sich als
Alexandra Thiele vor. Wir haben
später im Garten noch ein Glas Sekt
miteinander getrunken. Neben uns
tanzte eine Frau. Die war ziemlich
betrunken und rempelte mich an. Ich
verschüttete den Sekt. Alexandra
Thiele war sehr hilfsbereit und zog ein

Papiertaschentuch aus ihrer Handtasche. Die Tänzerin torkelte noch immer hin und her und stieß Alexandra Thiele so heftig an, dass ihre Tasche auf den Boden viel. Eine kleine Mappe fiel heraus. Darin steckte das Bilder zweier kleiner Mädchen und die Karte einer Sicherheitsfirma. Ich habe mit Reibe geredet. Er kannte den Name Thiele nicht, aber er wollte noch einmal in den Akten nachsehen. Vielleicht ergibt sich ja etwas Neues.
Es sind nur noch wenige Woche. Ich vermisse Dich jeden Tag mehr.
Ich liebe Dich
Ina

Liebe Ina,
ich zähle mittlerweile die Tage. Es klingt vielleicht komisch, aber ich werde die Zeit hier vermissen. Ich habe hier viele nette Leute kennengelernt. Es klingt kurios. Es sind Mörder, Schläger, Diebe und was weiß ich noch alles! Aber in erster Linie sind sie Menschen und sie alle erzählen Ihre ganz persönliche

Geschichte. Man wird nicht einfach so kriminell. Niemand wird kriminell geboren. Es ist einfach nur eine Verkettung unglücklicher Umstände, die Menschen kriminell werden lässt. Jo und ich sind hier dicke Freunde geworden. Wir werden auch weiterhin in Kontakt bleiben und ich werde ihn auch weiterhin im Knast besuchen. Ich habe lange über mein Geständnis nachgedacht. Auch das mag für Dich jetzt komisch klingen, aber ich werde es nicht widerrufen. Ich werde meine Zeit zu Ende absitzen. Danach werde ich sagen, dass ich zu Unrecht im Knast war und dann werde ich den wahren Mörder präsentieren. Dann wird man mir glauben. Jetzt wird man sagen, dass ich es im Knast nicht mehr aushalte und deshalb nach Wegen suche den Knast zu verlassen. Außerdem werde ich nicht unnötig Beteiligte aufscheuchen. Die sollen sich alle ruhig sicher fühlen. Ich werde dann urplötzlich die Bombe zur Explosion bringen. Reibe will mich unterstützen. Er hat mich vor ein paar Tagen angerufen.

Ich habe Angst vor dem Leben da
draußen. Hier ist alles übersichtlich.
Ich habe einen geregelten Tagesablauf
und ich weiß, wem ich vertrauen
kann. Das reicht mir. Es klingt
verrückt, aber ich würde lieber mit
Dir hier im Knast zusammen in einer
Zelle leben, als wieder in diese
verlogene Welt hinaus zu müssen. Der
Psychologe sagt, dass sei ganz normal,
wenn Vertrauen missbraucht würde.
Ich müsse nun lernen wieder
Vertrauen aufzubauen. Aber genau
das kann ich nicht. Es ist jeden Tag
ein Kampf. Ich weiß zum Beispiel,
dass Du mich liebst. Das hast Du mit
Deinem ganzen Handeln bewiesen.
Trotzdem habe ich sehr große Angst,
Dich zu verlieren. Ich denke dann,
dass Du es doch mit mir gar nicht
ernst meinen kannst. Ich bin nach
außen hin doch für alle ein Mörder.
Du bist eine hübsche Frau. Du kannst
überall schnell einen neuen Partner
finden. Diese Gedanken sind
furchtbar. Ich kann Leuten einfach
nicht mehr vertrauen. Mich hat
jemand als Mörder beschuldigt!

Warum tut jemand das? Ich habe niemals einem Menschen Schaden zugefügt. Ich habe mich nie an diesen Dorfspekulationen beteiligt. Ich hatte mein eigenes Leben. Wie soll es nur weitergehen? Ich habe Angst davor. Du wirst mir helfen, ich weiß es. Ich sehne mich so nach Dir. Ich werde Dich heiraten. Das ist das Einzige, was ich wirklich sagen kann. Deine Liebe hat mir geholfen, das Geschehene zu verarbeiten. Ohne Dich hätte ich es nie geschafft. Ich liebe Dich Ina. Ich liebe Dich.
Dein Dirk

Lieber Dirk,
Dein letzter Brief hat mich wieder einmal zu Tränen gerührt. Du kannst mir vertrauen. Natürlich gibt es keine Garantie für die ewige Liebe, aber wir Beide haben doch ganz gute Chancen. Wenn wir einander vertrauen, was soll dann noch schief gehen? Ich habe Dir vertraut. Ich habe immer gewusst, dass Du kein Mörder bist. Daran kann man nur glauben, wenn man den anderen Menschen zu 100 Prozent

kennt und vertraut. Das funktioniert sonst gar nicht. Das ist unmöglich! Ich werde Dir helfen wieder Vertrauen aufzubauen. Hier in der Stadt sind die Menschen ganz anders. Dieses verdammte Dorfgetue. Ich habe das schon als Kind gehasst. Eigentlich konnten sich die Familien nicht ausstehen, aber zur Kommunion oder zum Schützenkönigschießen musste man freundlich miteinander plaudern. Verlogen, sie sind alle nur verlogen. Ich bin froh, dass ich da nicht mehr mitmischen muss. Hier in der Stadt gibt es sicherlich auch schwarze Schafe, aber irgendwie sind die Menschen freundlicher und hilfsbereiter. Ich wollte es Dir eigentlich gar nicht erzählen, aber ich glaube, dass ich einen großen Fehler begangen habe. Diese Alexandra Thiele hat mich nicht losgelassen. Ich habe ganz bestimmt einige Personen aufgerüttelt, obwohl es gar nicht meine Absicht war. Ich hoffe inständig, dass ich Dir damit keinen Schaden zugefügt habe. Ich will nicht, dass Deine Unschuld ein weiteres Mal in Frage gestellt wird. Ich habe die Adresse von Alexandra Thiele im Internet gefunden. Du kannst Dir sicher jetzt schon denken, wie unüberlegt ich gehandelt habe. Ich bin zu ihr gefahren. Sie wohnt nur wenige Kilometer von mir entfernt im gleichen Viertel. Vielleicht war es gerade diese Tatsache, die mich förmlich dazu animiert hat. Hier im Viertel sind alle freundlich. Ich war naiv und dachte Alexandra Thiele empfängt mich jetzt mit offenen Armen. Ich habe bei ihr geklingelt. Sie wohnt auch in einem dieser großen Wohnblocks. Von der ersten Etage rief sie mir vom Balkon aus zu. Sie konnte sich gleich an mich und an die Mallorca-Fete erinnern. Ich bin zum Balkon herübergegangen. Sie wusste nicht, dass ich Deine Freundin bin. Als ich es sagte, war sie sehr überrascht und ihre freundliche Stimmung kippte binnen von Sekunden um. Auf dem Balkon spielten zwei Kinder und sie sagte, dass sie nun keine Zeit mehr habe und sich um ihre Töchter kümmern müsse. Dabei bot sie mir am

Anfang des Gespräches noch an, hinauf zu kommen. Ich habe ihr immer wieder gesagt, dass sie mit dafür verantwortlich sei, dass Du unschuldig im Knast bist. Aber sie winkte ab und verwies darauf, dass Du ein Geständnis abgelegt hast. Ich habe sie angefleht die Wahrheit zu sagen, aber sie ließ mich eiskalt stehen. Sie nahm ihre Kinder auf den Arm, ging hinein und schloss die Balkontür. Ich habe diese Frau total verunsichert. Anstatt zu fahren habe ich dann auch noch ewige Zeit vor dem Haus gewartet. Nach drei Stunden kam sie heraus und ging mit ihren Kindern gegenüber in den Supermarkt. Ich bin hinter ihr her gelaufen. Als sie mich bemerkte drohte sie mir mit der Polizei. Ich bin dann gegangen. Ich bekam plötzlich Angst. Ich war feige. Ich bin zum Haus zurückgegangen und habe ihr einen Zettel mit meinem Namen und meiner Handynummer in den Briefkasten geworfen.
Ich glaube, dass auch das ein Fehler war, aber ich konnte einfach nicht

anders. Mein Verlangen nach Dir ist unendlich und ich will um jeden Preis Deine Unschuld beweisen. Es macht mich krank, was diese Typen Dir angetan haben. Ich kann das nicht mehr so einfach hinnehmen. Diesmal kommen sie nicht davon. Denk doch mal an früher, an unsere Schulzeit zurück. Jeder hat irgendwann einmal Blödsinn gemacht. Das liegt in der Natur der Sache. Wir waren Kinder und verrückte Jugendliche. Meine Freundin und ich haben im Fahrradkeller die Luft aus den Reifen aller Fahrräder gelassen. Dumm nur, dass der Hausmeister uns dabei erwischte. Es gab einen Riesenärger und wir mussten in jeden Reifen wieder Luft hineinpumpen. Mein Vater ist nahezu ausgerastet, als er es erfuhr. Ralf hat so viel Mist gebaut. Er hat die alte Scheune am Bahngleis angezündet und damit geprahlt. Konsequenzen gab es keine. Er hat auch die Reifen des Polos von unserem Mathelehrer plattgestochen, nur weil er in der Mathearbeit, völlig zu Recht, eine sechs bekam. Das haben etliche

Mitschüler gesehen und auch zu Protokoll gegeben. Es blieb aber auch ohne Konsequenzen. Für den Sohn des Bürgermeisters gelten andere Regeln. Ich könnte Dir noch hunderte Dinge sagen, die unser Freund Ralf verbockt hat, aber wofür er nie gerade stehen musste! Ich will das nicht mehr hinnehmen. Ich weiß, dass er darin verstrickt ist. Er deckt den Mörder. Er deckt den Typen für den Du 15 Monate unschuldig ins Gefängnis gegangen bist. Wie kann der überhaupt noch ruhig schlafen? Hat er den kein Gewissen oder ist der wirklich so kalt und abgebrüht???
Bitte verzeih mir dieses Vorgehen. Ich werde in Zukunft Umsicht walten lassen und solche Aktionen mit Dir oder mit Kommissar Reibe absprechen.
Komm nach Hause! Ich vermisse Dich so sehr.
In Liebe
Deine Ina

Liebe Ina,
bitte mach Dir keine Sorgen. Ich bin Dir nicht böse. Ich kann Dein Handeln voll und ganz verstehen. Ich hätte es bestimmt auch so gemacht. Ich habe nur Angst um Dich. Ralf und seine Freunde sind kriminell. Sie sind gefährlich und kennen die Wahrheit. Sie werden nicht zulassen, dass die Wahrheit ans Licht kommt. Die Frage ist nur, wie weit werden sie dafür gehen. Im Knast habe ich viel mit Mördern geredet. Einer hat vier Menschen kaltblütig erschossen. Das würdest Du ihm nicht ansehen. Er ist so höflich und hilfsbereit. Mit 15 flog er von der Schule. Er hatte bis dahin gerade mal acht Klassen geschafft. Nach mehreren Heimaufenthalten wurde er in einer Pflegefamilie untergebracht. Hier herrschte Zucht und Ordnung. Er fühlte sich unverstanden. Seine richtigen Eltern waren Trinker. Sie interessierten sich nie für ihn. Er war einsam und begann selber zu trinken. Das hatte er ja so zu Hause gelernt. Dann kam dieser Tag. Im Streit erschoss er den

Pflegevater mit einer Pistole. Die hatte er sich einen Tag vorher besorgt, um seinen Pflegeltern zu drohen. Wie betäubt fuhr er mit dem Wagen seiner Pflegemutter zu seinen Eltern und streckte sie mit mehreren Schüssen nieder. Dann fuhr er quer durch die Stadt und schließlich auf die Autobahn. Irgendwann war der Tank leer. An einer Tankstelle erschoss er einen Tankwart, weil er ihn festhielt, als er nicht bezahlen konnte. Er hat mir oft von der Tat erzählt, sehr oft. Der erste Mord war noch schrecklich, aber je mehr Menschen er tötete desto befreiter fühlte er sich. Heute tut ihm das Ganze entsetzlich leid. Er sah damals keinen anderen Ausweg. Ich will Dir damit sagen, dass Menschen oft aus Verzweiflung zu Mördern werden. Nehmen wir an, dass Du den wahren Mörder aufgescheucht hast, dann wird er versuchen die Tat zu vertuschen. Die Frage ist nur, wie weit er gehen wird? Wird er ein weiteres Mal morden, um die Tat zu vertuschen? Bitte Ina, egal was Du auch tust, bitte sei vorsichtig. Diese

Leute sind ein anderes Kaliber. Sie ticken anders, das habe ich hier im Knast gelernt. Du solltest Kommissar Reibe informieren. Ich will nicht, dass Dir etwas passiert. Ich bin froh, wenn ich hier raus bin. Dann kann ich endlich wieder auf Dich aufpassen. Ich vermisse Dich so sehr. Es wird jeden Tag schlimmer. Im Moment schlafe ich sehr schlecht. Ich liege lange wach und kann nur schwer einschlafen. Mir gehen einfach viel zu viele Dinge durch den Kopf. Ich habe Angst vor dem, was da noch kommt. Andererseits bin ich froh, dass alles vorbei ist. Auch meine Mitgefangenen belasten mich. Es ist nicht dieses Knast-Image, das wir im Fernsehen sehen. Ganz im Gegenteil! Die meisten Häftlinge sind depressiv und leiden zum Teil sogar unter Angstzuständen. Einige reden immer über ihre Taten, während ich von anderen noch nicht einmal den Grund ihrer Haftstrafe kenne. Gerade, das ständige Reden über die Taten belastet mich sehr. Ich weiß, dass es gut ist, wenn sie darüber reden. Nur so können sie die Taten verarbeiten. Aber trotzdem habe ich totale Probleme damit. Es ist kaum auszuhalten. Vielleicht liegt es daran, dass ich hier bin, obwohl ich nie eine Tat begangen habe! Es ist alles so schrecklich. Ich werde ganz oft nachts wach und bin schweißgebadet. Ich habe regelrechte Alpträume. Ich sehe mich und andere Gefangene dann mit Waffen in der U-Bahn-Station stehen. Um uns herum liegen tote und verletzte Menschen. Ich höre Polizeisirenen. Alle rennen weg und ich schaffe es nicht. Meine Beine sind steif geradezu unbeweglich. Dann kommt Kommissar Reibe und das SEK die Treppe zur Bahnstation herunter und verhaften mich. Ich habe diesen Traum nun schon etliche Male erlebt. Ich sitze danach auf meinem Bett und weine leise vor mich hin, bis ich völlig erschöpft bin und dann einschlafe. Es sind diese ganzen Enttäuschungen, die mich nicht mehr loslassen. Ich glaube, wenn Du nicht zu mir gehalten hättest, dann hätte ich mich längst umgebracht. Es klingt jetzt wahrscheinlich lächerlich, aber auch das Essen hier belastet mich. Es schmeckt gut, ist ausgewogen und gesund. Aber genau das habe ich früher immer gemieden. Obst habe ich nur zweimal im Monat gegessen. Zum Frühstück gab es Eier mit Speck und mittags habe ich ja immer Fast-Food gegessen. Kaum zu glauben, dass ich Idealgewicht habe! Du kannst Dir nicht vorstellen, wie ich mich nach den Sandwiches der bekannten Fast-Food-Ketten sehne. Für einen Hamburger würde ich glatt hundert Euro bezahlen. Am meisten vermisse ich Alis Dönertasche und Dönerpizza. Damit sind wir dann wieder beim vorherigen Thema. Ich weiß noch ganz genau, wie Ali mit seinen Eltern aus der Türkei nach Deutschland kam. Er sprach kein Wort Deutsch. Er saß in der Schule und war völlig verstört. Viele hänselten ihn. Ich mochte ihn und er tat mir leid. Also nahm ich ihn mit zum Fußballtraining. Du kennst ja die Geschichte. Nach einem Jahr sprach er fließend Deutsch. Wir wurden richtig gute Freunde. Ich bin sogar mit ihm zur Hochzeit seiner Schwester in die Türkei geflogen. Als ich dann in die Lehre kam, eröffnete er die Dönerbude. Ich habe mindestens zweimal die Woche bei Ali zu Mittag gegessen. Ich dachte, dass uns etwas verbindet. Er hat mich nie im Knast besucht. Kein Brief, nichts! Auch das ist für mich eine menschliche Enttäuschung. Das gleiche gilt für meinen Bruder. Selbst, wenn ich wirklich ein Mörder wäre, dann hätte er doch erst recht zu mir halten müssen. Ich bin doch sein Bruder! Aber auch das war ihm scheinbar egal. Es ist alles so schrecklich! So entsetzlich unwürdig. Ich frage mich die ganze Zeit, was in Menschen vorgeht, die unschuldig eine lebenslange Haftstrafe absitzen oder noch schlimmer, wenn sie unschuldig zum Tode verurteilt werden. Niemand hat das Recht dazu. Ich glaube, dass ich hier einfach viel zu viel nachdenke. Mir gehen hunderte Dinge durch den Kopf. Ich kann mich manchmal gar nicht richtig erinnern. Dann fühle ich mich einfach nur leer. An anderen

Tagen jagt eine Gedankenflut durch meinen Kopf. Ich drehe hier noch durch, aber ich werde die Zeit absitzen. Es sind ja wirklich nur noch ein paar Wochen, dann ist dieser Spuk hier vorbei.
Bitte tue nichts Unüberlegtes! Ich liebe Dich doch und ich möchte mir um Dich keine Sorgen machen müssen!
Dein Dirk

Lieber Dirk,
Deine Briefe werden immer trauriger und doch faszinieren sie mich. Ich habe manche Briefe mehrmals gelesen. Ich glaube, dass der Knast Dich erwachsener gemacht hat. Du warst früher so schrecklich naiv. Mein Vater sagte immer, dass Du noch grün hinter den Ohren seist. Das ist das Einzige mit dem er Recht hatte. Aber die Unbekümmertheit, die Du früher an den Tag gelegt hast, hat mich derartig in den Bann gezogen. Ich denke oft über unsere Beziehung nach. Du warst immer ganz anders, als die Chaoten in unserem Dorf. Sie

haben immer über Dich gelacht. Sie haben sich förmlich lustig über Dich gemacht. Mir war das egal. Ich fand Dich einfach nur toll. Kannst Du Dich noch an unsere erste Verabredung erinnern? Du hast mich nicht in ein teures Restaurant eingeladen, sondern wir haben im Stadtpark auf der Wiese gesessen und Bier aus der Flasche getrunken. Am späten Abend hast Du einfach den Zaun des öffentlichen Schwimmbades durchgeschnitten und wir haben nackt gebadet unter dem Sternenhimmel. Das war das pure Glück für mich. Gerade an unseren nächtlichen Aufenthalt im Schwimmbad muss ich immer wieder denken. Ich weiß noch als der Wachmann vorbeikam und wir halbnackt in den Wald gerannt sind. Du hast den Zaun für mich durchgeschnitten, weil die Nacht tropisch war und ich unbedingt schwimmen wollte. Das war ein Liebesbeweis, auch wenn es eigentlich ein Einbruch war und somit eine kriminelle Handlung. Das Gericht hat das Urteil ausdrücklich damit begründet, dass Du noch nie kriminell in Erscheinung getreten bist. Das macht mir Angst. Stell Dir nur vor, der Wachmann hätte uns damals erwischt und es hätte eine Anzeige wegen Einbruchs oder Hausfriedensbruch gegeben. Ich darf gar nicht daran denken. Dann hätte man Dich sicherlich zu einer viel längeren Haftstrafe verurteilt. Ich hätte mich dann mitschuldig gefühlt. Dieses Mitschuldgefühl macht mir sowieso zu schaffen. Ich war gegen den Kontakt mit Ralf. Das habe ich Dir auch immer wieder gesagt. Ich mochte ihn schon in der Schule nicht. Er ist ein Wichtigtuer, ein bonierter Affe und er tritt mit Füßen auf die Gefühle anderer Menschen. Vielleicht hätte ich konsequenter sein müssen im Umgang mit Ralf. Ich hätte es Dir ja auch verbieten können. Ich mache mir oft Vorwürfe und dann denke ich wieder, dass hätte doch sowieso nichts gebracht. Ihr seid ja schon als Jugendliche gemeinsam zum Stadion gefahren.

Meine Arbeit macht mir sehr viel
Spaß. Der Umgang mit den Kindern
heitert mich auf. Es ist viel besser, als
in der Dorfpraxis. Die Praxis ist jeden
Tag voll und ich komme eigentlich nie
pünktlich raus. Aber das geht in
Ordnung! Solange ich arbeite vergesse
ich unsere Sorgen.
Gestern habe ich Reibe in einem
kleinen Bistro hier in der Stadt
getroffen. Er hat sich die Akten alle
noch einmal angesehen, aber außer
groben Verdächtigungen hat er keine
verdichteten Hinweise gefunden. Er
studiert momentan die Akten aller
Fanausschreitungen der letzten fünf
Jahre und hofft, dass er doch noch
den einen entscheidenden Hinweis
findet. Ich bin diesem Kommissar so
dankbar. Er sieht es als eine
Berufung. Schon sein Vater und auch
sein Großvater waren Polizisten. Sie
haben ihm beigebracht, dass man für
die Gerechtigkeit und die Aufklärung
eines Falles nie aufgeben darf. Das hat
mich sehr berührt nach den
Enttäuschungen der letzten Wochen.
Der Kommissar fliegt am Montag für

eine Woche in den Urlaub. Einen Teil
der Akten hat er mit im Reisegepäck.
Danach werden wir schauen, wie es
weitergeht.
Gestern war ein schwerer Tag für
mich. Ich wollte zum Stadionshop
fahren, um für Dich ein kleines
Geschenk zu kaufen. Ich wollte Dir
eine Freude machen. Ich war so
gedankenlos. Das Auto ist schon seit
Tagen kaputt. Da habe ich die Bahn
genommen. Dabei habe ich nicht
bedacht, dass ich am Ort des
Geschehens aussteigen muss. Am
Gleisbett steht eine kleine Kerze und
auf dem Bahnsteig ist eine kleine
Gedenkstätte eingerichtet. Dort liegen
Blumen und stehen Kerzen. Es hat
mich so traurig gemacht. Ich habe es
nicht bis zum Stadion geschafft. Es
hat mich zu sehr mitgenommen.
Stattdessen habe ich einen
Blumenstrauß gekauft und ihn an der
Gedenkstätte niedergelegt. Ich habe
erfahren, dass die Bahn die Stätte nur
duldet und, dass sie die Blumen,
Kerzen und Kreuze bald entfernen
werden. Freunde und Familie

sammeln Unterschriften dagegen. Sie kämpfen für die Einrichtung einer Gedenktafel. Ich habe die Protestliste unterschrieben. Dieser Druck, den ich im Bahnhof empfunden habe, kann ich Dir nicht beschreiben. Ich musste mich mehrmals übergeben und meine Beine waren ganz schlapp. Ich konnte über Stunden nichts essen. Auf dem Weg nach Hause bin ich im Hausflur zusammengebrochen. Meine Nachbarin hat mich in die Wohnung gebracht. Ich kann mich kaum noch erinnern. Mir geht dieser Bahnhof nicht mehr aus dem Kopf! Dort ist unschuldig ein Mensch, ein Vater gestorben und niemand will dafür die Verantwortung übernehmen. Es macht mich traurig.
Ich habe der Familie des Opfers einen Brief geschrieben. Darin steht, dass Du die Tat nicht begangen hast. Ich weiß, dass sie mir das nie glauben werden, aber ich hoffe es zumindest. Ich habe mich auch in Deinem Namen entschuldigt. Was soll ich sonst noch tun? Ich bin an manchen Tagen ziemlich verzweifelt. Andererseits

erlebe ich dann auch wieder diese hoffnungsvollen Tage. Von Alexandra Thiele habe ich natürlich nichts mehr gehört. Niemand steht für seine Fehler gerade! In was für einer Welt leben wir überhaupt?
Ich will Dich nicht weiter mit meinen negativen Gedanken belasten. Ich will, dass Du mit Hoffnung und mit dem Mut zur Gerechtigkeit den Knast verlässt. Das ist das, was jetzt wirklich zählt.
Deine Ina

Liebe Ina,
Du musst Dir nicht immer so viele Gedanken machen. Es wird schon alles gut gehen. Ich spüre das. Es wird sich alles zum Guten wenden. Du wirst sehen: In ein paar Jahren werden wir glücklich verheiratet sein, mit unseren Kindern im Garten spielen und dann wird das hier längst Vergangenheit sein.
Ich habe hier mit vielen Mördern geredet. Die meisten haben sich bei den Familien der Opfer für Ihre Taten entschuldigt. Ich habe oft darüber

nachgedacht, ob ich es tun soll. Doch ich bin ja kein Mörder. Was hätte ich der Familie erzählen sollen? Tut mir Leid, aber ich kann auch nichts dafür, dass Ihr Mann zu Tode kam. Ich habe es nicht getan. Ich habe nie die richtigen Worte gefunden. Du glaubst nicht, wie oft ich vor einem leeren Blatt gesessen habe. Berge von zerknäultem Papier lagen neben dem Tisch. Am Ende habe ich es dann gelassen. Ich wollte nicht noch mehr Fehler begehen. Deshalb bin ich froh darüber, dass Du mir diese Last abgenommen hast. Ich muss allerdings zugeben, dass ich große Angst vor der Reaktion habe. Die Familie leidet schon genug. Vielleicht glauben Sie mir, aber vielleicht wird ihr Hass auf uns auch größer. Ich weiß es nicht. Wir können nur abwarten. Am schlimmsten würde ich es finden, wenn sie gar nicht reagieren. Ich glaube, dass ich damit nur schwer umgehen kann.
Ich zähle nun mehr jeden Tag. Meine Sehnsucht nach Dir wird schlimmer und schlimmer. Mir fehlen auch die

Zärtlichkeit mit Dir und natürlich der Sex. Auch danach sehne ich mich. Ich werde einen ganzen Tag mit Dir im Bett bleiben. Wir werden Sekt trinken und italienischen Schinken essen und uns so oft lieben, wie es nur geht! Ich hoffe sehr, dass wir uns nie wieder trennen werden, denn noch eine Trennung halte ich nicht aus.
Jo geht es gar nicht gut. Er wurde ins Gefängniskrankenhaus verlegt. Organisch ist alles in Ordnung, aber er ist psychisch sehr angeschlagen. Er kann den Tod seiner Tochter einfach nicht verkraften. Er hat einen Weinkrampf bekommen und ist zusammengebrochen. Sein Zusammenbruch hat mich sehr belastet. Er hat einfach alles verloren, was ihm heilig war. So muss sich auch die Familie des Opfers gefühlt haben. Ich kann es kaum noch erwarten, Dich im Arm zu halten und zu küssen, obwohl ich mich total fürchte vor dem Leben da draußen.
In Liebe
Dirk

Lieber Dirk,
wahrscheinlich hat Dich mein letzter Brief noch gar nicht erreicht, aber es ist etwas Erfreuliches passiert.
Deshalb schreibe ich Dir.
Du hast sicherlich gehört, dass die Ärzte für mehr Geld demonstriert haben. Auch unsere Praxis blieb gestern geschlossen. Ich war nur kurz am Vormittag dort. Mit meiner Kollegin haben wir Ordnung in den Schräken geschaffen. Zur Dienstzeit bleibt dafür meist keine Zeit. Den Nachmittag habe ich zu Hause verbracht. Ich renoviere das Schlafzimmer für uns. Es soll ein Ort der Wärme werden.
Plötzlich klingelte es an der Tür und da stand sie. Ich habe sie sofort erkannt, denn ihr Blick aus dem Gerichtssaal ist mir nie mehr aus den Kopf gegangen. Sie sagte nur kurz Marie Kehren und folgte mir dann wortlos hinein. Mein Brief hat sie aufgewühlt. Es klingt so unglaublich, aber sie hat mir offen und ehrlich gesagt, dass sie immer Zweifel an Deiner Schuld hatte. Sie habe nie

geglaubt, dass Du ihren Mann getötet hast. Ihr Mann war Lehrer am Städtischen Gymnasium. Sie selber führt sehr erfolgreich eine große Modelagentur. Sie hat zunächst nur über sich erzählt. Davon, dass Ihr Mann und die Kinder immer an den Auen Radfahren waren. Von ihrem ersten gemeinsamen Urlaub in Venedig. Am schlimmsten war die Geschichte vom Todestag. Ihr Wagen sprang nicht an und sie hatten Samstagmorgen einen wichtigen auswärtigen Termin. Sie nahm das Auto ihres Mannes. Ihre Tochter spielt Klavier und hatte an diesem Morgen eine Probe für ein bevorstehendes Konzert. Der Vater hat die Tochter mit der Bahn zur Musikschule gebracht und war auf dem Weg nach Hause. Er war also nur ganz zufällig in diesem Bahnhof. Mit Fußball hatte er nichts am Hut. Zeugen sagten später, dass er sehr zurückhaltend versucht habe aus dem Bahnhof hinaus zu kommen.

Mir kommen immer noch die Tränen und es fällt mir schwer weiter zu schreiben.
Sie hat mit den ermittelnden Kommissaren, darunter auch Reibe, immer und immer wieder geredet. Alle hatten Zweifel an Deiner Verurteilung, aber Dein Geständnis war nicht anzufechten. Ihre Gefühle haben über Monate verrückt gespielt. Sie konnte Dich im Gerichtsaal kaum ansehen. Immer diese Zweifel: Hast Du es getan oder nicht? Vor allem ihre Kinder haben gelitten. Der Vater war ihre Hauptbezugsperson. Durch ihren Job in der Modebranche sei sie sehr viel unterwegs gewesen. Ihr Mann habe dagegen feste Arbeitszeiten gehabt und habe dadurch die Mutterrolle übernommen. Er war für die Hausaufgaben zuständig, kochte für die Kinder und brachte sie abends ins Bett, wenn ihr Flug mal wieder Verspätung hatte. Ihre Kinder halten Dich für den Mörder, obwohl sie die dünne Beweiskette mit ihren Kindern oft genug besprochen hat. Das ist wohl

psychologisch nachweisbar. Die
Kinder entlasten sich mit Deiner
Verurteilung. Eine ganz normale
Reaktion!!
Die Zeit verging wie im Flug. Wir
redeten zwei Stunden und dann ließ
sie die Bombe platzen. Da ihre Zweifel
vor dem Prozess immer größer
wurden schaltete sie einen
Privatdetektiv ein. Dabei handelte es
sich nicht um so einen Wald- und
Wiesenschnüffler, wie wir ihn aus dem
Fernsehen kennen. Kommissar Reibe
habe ihr die Detektei empfohlen, die
von ehemaligen Polizisten geführt
wird. Sie hoffte, dass die Ermittlungen
zum Erfolg führten. Ihr größter
Wunsch war es, neue Indizien zum
Prozess vorzulegen. Aber dazu kam es
nicht, denn die Ermittlungen waren
sehr zeitintensiv und brachten bis zu
Deiner Verurteilung keine neuen
Erkenntnisse. Am Ende führte jede
Spur ins Leere und so habe sie die
Ermittlungen beenden lassen. Es gab
nur eine einzige heiße Spur und das
war Alexandra Thiele. Der Detektiv
ermittelte, dass sie mit Ralf eine kurze

Beziehung hatte. Er hatte den
Verdacht, dass ein Nummernkonto
auf ihren Namen zugelassen war.
Darauf wurden kurz nach den ersten
Vorfällen am Bahnhof und nach dem
Mord an ihren Mann höhere
Geldbeträge überwiesen. Insgesamt
20.000 Euro. Als sie ging, war die
Verabschiedung sehr tränenreich, Sie
versprach mir zu helfen, denn auch sie
will den wahren Mörder finden. Ich
habe ein gutes Gefühl.
Es sind nur noch wenige Woche, dann
kann ich Dich endlich wieder küssen
und Dich in den Arm nehmen. Ich
sehne mich so sehr danach!
Ich liebe Dich
Ina

Liebe Ina,
heute ist etwas ganz Besonders
passiert. Es war wie immer
Besuchszeit. Für mich sind diese
Stunden traurig, da ich ja eigentlich
nie wirklich Besuch bekomme. Dann
kam ein Wachmann und teilte mir
mit, dass Besuch für mich da sei. Ich
dachte es sei Reibe, aber es war die

Frau des Opfers. Sie stand da mit ihrem langen, weißen und eleganten Mantel. Sie stellte sich kurz vor und begann zu reden. Sie sagte mir, dass Sie immer Zweifel hatte. Der Schlüssel war aber Kommissar Reibe. Der habe ihr immer gesagt, dass es Ungereimtheiten gab. Sie wird nicht zulassen, dass der Mörder Ihres Mannes frei herumläuft. Niemals, sie wird kämpfen, auch für meine Unschuld. Sie hat einen Plan, aber davon wollte sie mir noch nicht erzählen. Sie wird sich wieder mit Dir treffen. Ich habe ein ganz komisches Gefühl. Sie hat Ihren Mann verloren, sie schien verbittert, kampfbereit und selbstsicher. Wie weit wird sie gehen? Ich habe Angst und doch bin ich voller Hoffnung. Bitte tue nichts Unüberlegtes! Egal, was auch immer ihr plant, Du musst Reibe informieren. Bitte versprich es mir! Das Ganze macht mich nervös. Ich bin seit ihrem Besuch sehr unruhig, da sie so entschlossen klang. Ich muss raus hier!

Bitte Ina, sei vorsichtig! Ich will Dich nicht verlieren. Ich liebe Dich. Ich habe noch nie einen Menschen so sehr geliebt.
Dein Dirk

Lieber Dirk,
Du kannst Dir gar nicht vorstellen, was hier so alles passiert. Gestern Abend stand Marie Kehren und Kommissar Reibe vor der Türe. Sie waren sehr eng miteinander. Es sah fast so aus, als hätten sie ein Verhältnis, aber das tut hier nichts zur Sache. Ich bat sie herein. Reibe hat nochmal alle Akten gelesen, aber es gab nicht wirklich neue Erkenntnisse. In jedem Fall scheint diese Alexandra Thiele mit drin zu hängen. Die muss die Aufnahmen gelöscht haben. Da sie neuerdings geradezu im Luxus lebt, geht Kommissar Reibe davon aus, dass es eine Kopie der Aufnahme gibt. Sie erpresst irgendjemanden damit. Das ist alles sehr mysteriös. Sie bekommt Gelder vom Sozialamt um überhaupt leben zu können. Aber andererseits

trägt sie Markenklamotten, verreist
ständig, geht in teuren Klubs aus. Das
lässt laut Kommissar Reibe nur den
Schluss zu, dass sie eine Geldquelle
hat. Wir wollen jetzt herausfinden,
woher das Geld stammt. Marie
Kehren hat den Detektiven erneut
beauftragt. Der wird die Thiele ab
Montag beobachten. Wir sind ein
richtiges Team geworden und wir
verstehen uns gut. Es wird jetzt eine
Aufklärung geben. Wir werden die
Wahrheit finden. Du hast nur noch
drei Wochen! Das Schlafzimmer ist
fast fertig. Ich kann es gar nicht mehr
erwarten. Ich will Sex mit Dir, Tag
und Nacht! Ich liebe Dich so sehr!
Immer und ewig!
In Liebe
Deine Ina

Liebe Ina,
ich werde verrückt hier drin. Ich kann
das alles nicht aushalten. Ich würde
Euch viel lieber unterstützen. Ich
kann von hier gar nichts tun. Dann
diese Angst. Diese ständige Angst um
Dich. Das frisst mich auf. Ich bin

innerlich zerrissen. Das ist eine
Belastung. Ich will nur, dass Dir
nichts zustößt. Bitte gehe kein Risiko
ein. Das ist die Sache nicht wert.
Überlass es dem Kommissar Reibe.
Der kann sich zur Wehr setzen. Bitte
liebe Ina, tu nichts Unüberlegtes. Es
ist alles schon schlimm genug. In
letzter Zeit finde ich kaum noch
Worte. Ich finde keine Ruhe, um Dir
zu schreiben. Ich liege jede Nacht
wach. Es wird erst wieder Ruhe
einkehren, wenn der Mörder gefasst
ist.
Ich liebe Dich
Dein Dirk

Lieber Dirk,
es ist etwas ganz furchtbares passiert.
Kommissar Reibe hat mich gerade
angerufen. Alexandra Thiele ist bei
einem Verkehrsunfall mit
Fahrerflucht ums Leben gekommen.
Die armen Töchter! Sie war mit dem
Fahrrad auf einer Landstraße
unterwegs und wurde von einem
Wagen überrollt. Die Polizei wertet
die Spuren noch aus. In jedem Fall

war es Fahrerflucht, aber Kommissar Thiele geht sogar noch einen Schritt weiter. Er glaubt, dass es kaltblütiger Mord war. Wahrscheinlich wollte sie immer mehr Geld. Da hat der Erpresste nur noch diesen Ausweg gesehen. Ich bin ganz aufgeregt. Marie Kehren kommt gleich vorbei. Sie hat Ihre Kinder zu den Großeltern aufs Land geschickt. Kommissar Reibe hat einen Streifenwagen unten vor die Türe stellen lassen. Es ist nicht ausgeschlossen, dass der Mörder erneut zuschlägt. Jemand hat versucht bei Alexandra Thiele einzubrechen. Das ist aber fehlgeschlagen. Sie muss was geahnt haben. Überall waren Sicherheitsschlösser angebracht. Ihre Kinder wurden in einem Pflegeheim untergebracht. Das macht mich alles fertig. Ich habe jetzt ein paar Tage Urlaub genommen. Reibe meinte, dass ich besser zu Hause bleiben sollte. Es wird sich bestimmt alles aufklären, aber es ist belastend für mich. Wenn Du nur hier wärest. Du könntest mir bestimmt die Angst nehmen. Diese

Angst ist am schlimmsten, sie frisst
auch mich regelrecht auf.
Ich liebe Dich
Ina

Meine liebe Ina,
ich bin entsetzt darüber, was passiert
ist. wer tut so etwas? Das ist alles
unfassbar. Ich mache mir solche
Sorgen. Ich kann keinen klaren
Gedanken mehr fassen. Ich will nur
noch hier raus, um Dir helfen zu
können. Andererseits habe ich auch
eine Scheiß-Angst vor der Welt da
draußen. Kann es nicht sein, dass es
nur ein dummer Zufall war? Du sagst,
dass es Fahrerflucht war. Was macht
Euch so sicher, dass der Täter etwas
mit dem Bahn-Mörder zu tun hat? Ich
weiß, es klingt blöd! Wahrscheinlich
möchte ich so nur meine Unsicherheit
und meine Angst überspielen. Ich
kenne Ralf und einige seiner Freunde.
Das sind Schläger und manche von
Ihnen bewegen sich hart an der
Grenze des Legalen. Aber ich kann
mir nicht vorstellen, dass einer von
ihnen zwei Menschen ermordet. Ich

kann es mir nicht vorstellen. Ich denke auch darüber nach, wer der Täter sein soll? Es kann doch keiner aus unserem Umfeld sein. In unserem Dorf geschehen viele Dinge, die auf keiner Gesetzesgrundlage mehr basieren. Da wird seit Jahr und Tag alles unter den Teppich gekehrt. Von Diebstahl über Körperverletzung bis hin zur Korruption wird da alles gedeckt, aber decken die auch einen Mörder?? Würde das Dorf soweit gehen? Wer kennt da die Wahrheit??? Es ist ein ständiges hin und her meiner Gefühle. Sie haben Dich bedroht, Dein Auto beschmiert und Dich aus der Bäckerei geschmissen. Das alles sind Dinge, die dort schon seit Jahren praktiziert werden. Aber was mich dann doch stutzig macht ist der Kontaktabbruch von Rita und Jörg. Das kann ich mir einfach nicht erklären und es fällt mir sehr schwer, dies zu akzeptieren.
Ich bin immer bei Dir. Bitte sei vorsichtig und mach keine Dummheiten. Wir alle wollen den

Mörder finden, aber nicht um jeden
Preis!
Ich liebe Dich und ich zähle schon die
Stunden bis zu meiner Entlassung
In Liebe
Dirk

Lieber Dirk,
es ist mitten in der Nacht, aber ich
kann nicht schlafen. Du kannst Dir
nicht vorstellen, was bei mir los ist.
Marie Kehren liegt auf dem Sofa.
Kommissar Reibe schläft im Sessel
und vor der Tür steht ein
Streifenwagen. Die Ermittlungen
laufen auf Hochtouren. Es war Mord,
das haben die ersten Auswertungen
ergeben. Es gab sogar einen Zeuge
und das in dieser verlassenen Gegend.
Er wollte nach seinen Schafen sehen,
weil er vermutete, dass dort ein Fuchs
sein Unwesen treibt. Also hat er sich
mit der Schrottflinte auf die Lauer
gelegt. Er sah Alexandra Thiele auf
dem Rad. Ein Kastenwagen folgte Ihr
mit großem Abstand. Plötzlich
beschleunigte er und fuhr mit voller
Geschwindigkeit auf Alexandra Thiele

zu. Sie wurde mehrere Meter hoch durch die Luft geschleudert und schlug mit dem Kopf auf die Straße. Laut Obduktionsbericht war sie sofort tot. Der Mann eilte über das Feld. Er konnte der Frau nicht mehr helfen. Bevor er die Unglücksstelle erreichte, fuhr der Kastenwagen noch einmal zurück, um sich zu vergewissern, dass die Thiele auch wirklich umkam. Der Mann konnte den Wagen gut sehen. Er besaß keine Nummernschilder. Doch im fiel ein Aufkleber an der Seite auf. Es war ein Tor und darüber stand die Zahl 1995. Dämmert es bei Dir? Das ist der Aufkleber von unserem Fußballverein. Der wurde anlässlich der 80-Jahr-Feier des Klubs gefertigt und am Festzelt in unserem Dorf verteilt. Du musst Dich daran erinnern. Auf unserem Hof klebten die Teile überall. Das ist Jahre her, aber die Wahrscheinlichkeit, dass der Mörder aus unserem Dorf kommt ist groß. Zwei Beamte der Reibe-Riege sind in unserem Dorf und sehen sich dort um. Sie überprüfen alle Fahrzeughalter mit Kastenwagen und

suchen in Scheunen und Ställe nach dem Fahrzeug.
Reibe verdächtigt Ralf, weil Du und er die einzige Verbindung zwischen dem Dorf und dem U-Bahn-Bahnhof seid. Ralf wurde befragt und er hat für den Mord an Alexandra Thiele ein Alibi. Er war bei einer Frau, die ganze Nacht. Das hat die Frau bestätigt. Bleibt nur zu klären, ob das Alibi auch echt ist oder doch nur bezahlt wurde. Wir haben hier Tage und Nächte gesessen. Marie Kehren hat oft bei mir geschlafen. Nachdem Mord an Alexandra Thiele, hat sie Angst. Sollten die Polizisten im Dorf nichts finden, dann werden die Ermittlungen erst einmal auf Eis gelegt. Das bedeutet, dass wir auch keine Überwachung mehr bekommen. Der Staatsanwalt hält die Verbindung zwischen Ralf und der Thiele zu vage, um die Ermittlungen fort zu führen. Ganz entscheidend ist das Alibi von Ralf. Ich verzweifle noch. Auch Marie Kehren ist am Rande eines Nervenzusammenbruches. Im Moment ist Reibe fast immer um uns

herum, aber wenn die Ermittlungen eingestellt werden sollten, ist das natürlich nicht mehr möglich. Was soll ich nur tun? Wir suchen nach einer Lösung, um Ralf doch noch als Täter zu stellen. Es wird schon alles gut. Ich versuche positiv zu denken! Was habe ich sonst schon für eine Wahl? Es muss ja irgendwie weitergehen. In ein paar Tagen bist Du hier, dann wird alles gut.
Ich liebe Dich
Ina

Lieber Dirk,
dieser Brief kommt nicht über den Postweg. Kommissar Reibe hat ihn direkt an die Wachmänner im Gefängnis übergeben. Ich wollte die Erste sein, die Dir diese Nachricht überbringt. Du wirst morgen früh das Gefängnis verlassen. Du bist nicht der Mörder aus der U-Bahn-Station. Die Ereignisse haben sich in den letzten zwei Tagen überschlagen. Der Staatsanwalt hat vorgestern die Streifenwagen abziehen lassen und, wie bereits erwartet, den Fall auf Eis

gelegt. Marie Kehren war fassungslos. Wir haben dann gemeinsam überlegt, wie wir Ralf überführen können, einen Plan ausgearbeitet und Reibe eingeweiht. Der war am Anfang nicht begeistert. Aber er und Marie Kehren sind ein Paar. Deshalb hat er mitgemacht. Ich weiß gar nicht so genau, wo ich anfangen soll. Frag mich nicht, wer die eigentliche Idee hatte. Es kam alles einfach irgendwie zusammen. Auch Reibe hat indirekt zu unserem Plan beigetragen. Er hat ja ständig erzählt, was passieren muss, damit eine Täterüberführung möglich ist. Das war schon alles erstaunlich. Nachdem der Plan stand, hat Marie Kehren eine Freundin angerufen. Die war auf Stippvisite in Deutschland. Sie lebt seit vielen Jahren in Australien. Das war ein Zufall, dass sie gerade hier in Deutschland war. Wir mussten sicherstellen, dass Ralf diese Person nicht kannte. Wir sind Ralf unauffällig in die Stadt gefolgt. Er ist ein Café gegangen. Die Freundin von Marie hat sich dann kurz zu ihm an den Tisch gesetzt und ihm klipp und klar gesagt, dass sie mit Alexandra Thiele befreundet war und, dass es eine Kopie der Videoaufzeichnungen gibt. Alexandra Thiele hätte sie Ihr gegeben. Sollte ihr etwas zustoßen, sollten die Unterlagen an die Polizei gehen. Aber mit Ihr wäre natürlich zu reden. Sie melde sich wieder. Dann stieg sie vor dem Café in ein Taxi, dass wir organisiert hatten. Ralf konnte Ihr nicht folgen. Die Freundin ist auch längst wieder auf dem Weg nach Australien. Am Abend hat Marie Kehren dann bei Ralf angerufen und ihm gesagt, dass sie die Frau aus dem Café sei. Bereitwillig bot er ihr 10.000 Euro für die Aufzeichnungen an. Sie wollten sich am nächsten Morgen erneut ihm Café treffen. Dort sollte die Übergabe stattfinden. Aber so weit kam es nicht mehr. Reibe wurde während der Aktion aus dem Präsidium angerufen. Alexandra Thiele hatte tatsächlich vor der Löschung eine Kopie der Videoaufnahmen gemacht. Als ich dann bei der Thiele aufgekreuzt bin und Ralf ihr gedroht hatte, gab sie die

Aufnahmen einer Bekannten mit der Bitte, die Aufnahmen der Polizei zu übergeben, falls ihr etwas zustoßen sollte. Das hat die Bekannte gemacht. Ralf hat den Familienvater damals in der U-Bahn zusammengeschlagen und er hat auch den Mann von Marie Kehren vor den einlaufenden Zug geschubst. Du warst gar nicht zu sehen auf dem Video. Das Opfer kämpfte sich durch die Menge. Ralf schlug und trat nach allem, was ihm in die Quere kam. Mit einer unvorstellbaren Gewalt haute er um sich. Dabei traf er den Kopf des Opfers. Der Kehren kam ins Schwanken. Als Ralf das erkannte schlug und trat er wieder zu. Marie Kehrens Mann geriet immer weiter an die Kante, um den Schlägen und Tritten auszuweichen. Aber Ralf trat und schlug immer und immer weiter, bis das Opfer ins Gleisbett fiel und vom einlaufenden Zug überrollt wurde. Marie brach beim Ansehen der Aufnahmen zusammen. Sie liegt in der Klinik und wir psychologisch betreut. Ralf hat gleich nach seiner

Festnahme die beiden Taten im U-Bahn-Bahnhof gestanden. Allerdings wies er jegliche Verantwortung von sich, als es um den Mord an Alexandra Thiele ging. Er beteuerte wieder und wieder bei einer Frau gewesen zu sein. Das Verhör dauerte Stunden. Reibe kam zu dem Schluss, dass er für die Tat an Alexandra Thiele nicht verantwortlich sei. Die Polizei durchsuchte den Hof von Ralfs Eltern. Hier hatte er ja auch noch eine Wohnung. Eher zufällig fiel einem Beamten eine alte Scheune weit ab in der Nähe der Felder auf. Hier fand man den Kastenwagen. Total beschädigt. An der Stoßstange hing noch Blut. Die Spurensicherung untersuchte den Wagen. Am Lenkrad fand man viele Fingerabdrücke, doch die stammten nicht von Ralf. Ralfs Vater war nicht auf dem Hof, als das Auto gefunden wurde. Er kam erst später. Zunächst fuhr er siegessicher und arrogant wie immer mit dem Mercedes auf den Hof. Dann bemerkte er, dass die Polizei die abgelegen Scheune unter die Lupe

nahm. Er drehte und verließ mit Vollgas den Hof. Reibe und zwei weitere Streifenwagen folgten ihm. Er wurde schneller und schneller. Dann überholte er einen Traktor und kam ins Schleudern. In der Kurve am Milchhof kam er dann von der Fahrbahn ab. Das Auto überschlug sich mehrmals und ging dann sofort in Flammen auf. Er verbrannte in seinem Wagen.
Er hat seine gerechte Strafe bekommen. Ralf wird wegen Mordes angeklagt.
Ich werde morgen früh am Gefängnistor auf Dich warten. Marie Kehren hat ein Haus in der Toskana. Ich habe den Schlüssel! Wir werden direkt nach Deiner Entlassung gen Süden reisen. Ich habe 14 Tage Urlaub genommen. Danach sehen wir weiter!
Ich kann es kaum noch erwarten, Dich endlich in den Arm zu nehmen und zu küssen!

Ich liebe Dich
Deine Ina

Impressum

Herausgeber: Carina Tietz

www.carina-tietz.de

Autorin: Zara Cinetti

© 2016 Carina Tietz

Bibliografische Information der Deutschen Nationalbibliothek: Die Deutsche Nationalbibliothek verzeichnet diese Publikation in der Deutschen Nationalbibliografie; detaillierte bibliografische Daten sind im Internet über dnb.dnb.de abrufbar.

© 2016 Herstellung und Verlag: BoD – Books on Demand, Norderstedt

ISBN 9783741267338